# お父さんはユーチューバー

浜口倫太郎

双葉社

# お父さんはユーチューバー

装丁　小川恵子（瀬戸内デザイン）
装画　丸紅茜

# 1

砂浜に座り、海香《うみか》は一人絵を描いていた。

投げ出した足にスケッチボードを置き、左手にはパレット、右手には絵筆を持っている。砂浜の上には絵筆を洗うためのバケツがある。バケツの中は水ではなく海水を入れている。

絵の具はサイズが大きな色が二つある。緑色と青色だ。この二つの減りが極端に早い。

前を向くと、そこには青い海、エメラルドグリーンの海が広がっている。

宮古島《みやこじま》の海だ。

内地からやってきた小学校の先生がこんなことを言っていた。

『宮古島の海は本当に素晴らしいです。故郷にこれほど美しい海があることをみなさん誇りに思いましょう』

ただその言葉は、クラスメイトの誰の胸にも響かなかった。何せ、みんな生まれてきてからずっとこの海を眺《なが》めて育っているのだ。そこに美しさなんて感じていない。

でも、海香には先生の言っていることがよくわかった。海香は、ほぼ毎日こうして海の絵を描いている。絵にしようと真剣に見つめていると、同じ海でも日々変化があることがわかる。春夏秋冬だけでなく、朝昼晩、晴れ曇り雨……季節や時間、天気が微妙に変わるだけでも、海はまったく異なる表情を見せてくれる。波の大小、エメラルドグリーンの海から白い砂浜に続く色の変化、水平線で混じり合う青い空の濃淡。

その些細な表情の違いを見ることが、海香は何よりも好きだった。

「やあ、今日も上手に描けてるね」

いつの間にか、隣に柊《ひいらぎ》元気《げんき》が座っていた。目の前に広がる海と海香の絵を見比べる。

「うん、いい色だ」

「でもちょっと青っぽい。今日の海はもっと透明だもん。透明さって、絵にするのがほんとにむずかしいさあ」

納得がいかない海香を見て、元気は朗《ほが》らかに言った。

「絵が描ける人っていうのは、観察力が僕たちとはまったく違うんだね。海香ちゃんの絵を見ているとそれがよくわかるよ」

目を細めて海の方を向く元気の横顔を、海香はそっと見つめる。

目鼻立ちの整った涼しい顔立ちだ。宮古島ではあまり見かけない、都会風という感じだろうか。腕まくりした白いシャツがよく似合っている。元気君というよりも、爽やか君と言いたくなるような風貌《ふうぼう》だ。

元気に会うと、近所の女子高生やおばちゃんたちが色めく。この辺りではアイドル的な存在だ。海香の親友の萌美《もえみ》は、海香と同じ歳だが、若干ませているせいか元気のことがもう気になっている。だから、何かと理由をつけては海香の家に来たがる。海香には、その気持ちがまだわからない。

元気がおもむろに立ち上がった。

「さあご飯の時間だよ」

「あっ、もうそんな時間か」

まだまだ明るいが、よく見れば太陽が水平線に近づいている。海面の様子で、海香には今の時間帯がわかる。

絵の具の片付けをしてから立ち上がり、服についた砂を払う。

「元気君、今日は何作ってくれたんね？」

「ソーメンチャンプル」

「……またか」

「勇吾《ゆうご》さんもみんなも好きだからね」

元気がくすりと笑って言うが、勇吾や他の人間は、酒のツマミになればなんでもいいのだ。勇吾のような酒呑みの父親を持って不幸だと思うが、宮古島の父親はたいてい酒呑みだ。自分だけではないのだと思うと、少しは気分がましになる。

「元気君のソーメンチャンプルはたしかにおいしいけど。麺もひっつかないし」

海香が作ると、どうしてもべちゃっとしてしまう。

「海香ちゃん用にラフテー入りのカレーも作ってるよ」

「えっ、ほんと。ありがとう」

「どういたしまして」

イケメンで背も高くて料理もできる。元気が、萌美や近所の女性からモテるのも納得だ。きめ細かい白い砂浜を歩く。もう春になってきたので、砂が熱を持っている。この足裏の感覚でも季節がわかる。

歩きながら海香が尋ねる。

「元気君っていつからこっちにいるんね？」

「うーん、もう一年ぐらいかな」

「そんなに？」

ずいぶん長いとは思っていたが、そこまでの長期滞在とは思っていなかった。

「一休《いっきゅう》さんよりは短いけどね」

一休は、元気以上に長く住んでいる。もう何年いるのかわからないほどだ。

「あの人は特別さあ。名前も一休じゃなくて長休《ちょうきゅう》にしたほうがいいぐらいだから」

「それはうまいね」

元気が笑い、海香もおかしくなった。

すぐにコンクリート造りの建物が見えてきた。無骨でおしゃれさは欠片《かけら》もない。コンクリートのブロックを、ただ単に巨大化しただけという感じだ。家の前にある椰子《やし》の木の下には数台のカヤックが置かれている。

テラスにはハンモックが設置されていて、それに人が揺られてはしゃいでいた。旅行中の女子大生で、今日の泊まり客だ。はじめてここに訪れる客は、必ずあのハンモックで遊びたがる。

その斜め奥には小屋がある。勇吾と一休が建設中の秘密基地だ。あんなものを作って何が嬉しいのか、海香にはまったく理解ができない。こういうところが男子と女子の差だろうなと思っている。

「また傾いてるね」

元気が看板を直す。

そこには『ゲストハウス　ゆいまーる』と書かれている。ゆいまーるとは、助け合いを意味する沖縄の方言だ。海香の祖父が命名した。

このゆいまーるが、海香の家だ。亡くなった祖父が建てたこのゲストハウスを、今は海香の父親である勇吾が受け継いでいる。

平屋で二階はない。テラスへとつながるリビングと、二段ベッドが入った客室がいくつかある。相部屋のドミトリーだ。

中に入ると、玄関には自転車が四台置いてあった。泊まり客のための自転車だ。外に置いておくと潮ですぐに錆《さ》びるので、一度乗るときちんと拭《ふ》いて中に入れておく。

リビングはとにかく広い。備え付けの棚には、小説や漫画本がぎっしり並んでいる。その下段のボックスには、ゲーム機とコントローラーが入っている。

壁には宿泊客が記念に書いたメッセージやイラストで埋まっている。おもちゃ箱をひっくり返したような室内だ。

大きなテーブルでは、勇吾と一休がもう泡盛を呑んでいた。肴《さかな》はゴーヤを薄く切って塩で味付けし、鰹節をかけたものだ。

海香は改めて勇吾を見た。勇吾は眉毛が太くて、彫りが深い。地黒ということもあり、とにかく濃い顔立ちだ。そのためか、よく東南アジアの人に間違えられる。

Tシャツに半ズボンで、その足はすね毛だらけだ。だから黒い大根にしか見えない。この毛深い足を見ると、海香はげんなりしてしまう。元気とはまるで正反対だ。

一休は坊主頭で、いつも派手な赤色のシャツを着ている。たれ目で、眠った猫のような顔をしている。ただ性格は人懐《なつ》っこい犬みたいだ。その顔と性格で、泊まり客の誰とでも仲良くなれる。

元気と一休は、このゆいまーるのヘルパーだ。元々は泊まり客だったのだが、長く滞在するうちにヘルパーとして働くようになった。ただ、働くといっても給料は出ない。宿泊費と食事代が無料になるだけだ。

元気がキッチンに向かい、海香は一休の隣に座った。それに気づかない勇吾が、熱を入れて話し込んでいる。

「一休、いいか。俺は画期的なアイデアを思いついた」

「なんですか?」

一休が促《うなが》すと、勇吾が身を乗り出した。

「一休、今な、猫カフェってのがあるだろ」

猫カフェという響きに、海香は反応した。都会にはそんなものがあると萌美が言っていたからだ。

一休が首を縦に振る。

「そういえばありますね。宮古にはないから、勇吾さん、はじめるんですか」

「馬鹿、人と同じことやってどうすんだよ。内地じゃフクロウカフェってのもあるぐらいだぞ」

「フクロウですか」

一休が目を大きくする。

「おお、そうだよ。内地がフクロウだぞ。今さら宮古で猫カフェやっても大負けじゃねえか。もっと別のをやるんだよ」

「なんですか？」

「アリクイカフェだよ」

不敵な笑みを浮かべる勇吾を見て、一休が怪訝《けげん》そうに尋ねる。

「……アリクイって、あのアリを食べるアリクイですか」

「それ以外のアリクイが他にいるのかよ。そうだよ。あの長い舌でアリを食べるアリクイだよ」

「でも猫やフクロウはわかりますけど、アリクイにそんな人気ありますかね……」

「それはみんなアリクイの魅力に気がついてねえだけなんだよ。よく見りゃ可愛いだろ、あいつら。なんかゴーヤみたいな顔の形してるしよお」

顎《あご》を撫《な》でながら一休が応じる。

「……まあ、可愛いって言われたらそうかもしれないですけど」

「だろっ。そうなんだよ。あいつらは光るものを持ってんだよ。まさにダイヤの原石だ。俺はそれを見抜いたってわけだ」

「勇吾さん、アイドルのスカウトマンみたいですね」

まあな、と勇吾が鼻を高くする。一休は素直なので、いつも勇吾が調子づく。

「猫カフェならぬ、『アリクイハウス』だ。あのゲストハウスに行きゃアリクイに会えるってなれば、客もわんさかくるぞ」

「ほんとですね。見物料もとれるし、頭のいいアリクイなら接客とかできるんじゃないですか」

「いいな。アリクイグッズも作ろうぜ。一休、おまえアリクイアクセサリーを作れ」

一休は手先が器用で、ハンドメイドでアクセサリーを作っている。それを観光客に売って日銭を稼いでいるのだ。

アリクイTシャツだ、アリクイキャップだと二人で盛り上がっている。またか、と海香はうんざりしながら聞いていた。

一休がスマホを取り出し、何やら検索している。きっとアリクイのことを調べているのだ。

「ほんとですね。意外に可愛いですね。目もくりくりしてるし」

「なっ、言った通りだろ」

勇吾が嬉々としてスマホを覗《のぞ》き込むと、一休があっと声を上げる。

「勇吾さん、でもアリクイってアリを食べるって書いてますよ」

「そりゃそうだろ。アリクイの主食がパンや米だったらおかしいだろうが。なんせ名前がアリクイなんだからよ」

「それはわかりますけど、問題はその数ですよ。アリクイは一日にアリを三万匹食べるってありますよ」

「さっ、三万匹！」

そう声を張り上げると、勇吾がスマホの画面を凝視する。一休がその箇所を指差した。

「ほらっ、ここ」

「ほんとだ……」

急に声のトーンが落ちた。二人が黙り込んでいる。頭の中では三万匹のアリがうごめいているのかもしれない。

「ノルマ一人、一万五千匹か……」

ぼそりと勇吾が漏らすと、一休が浮かない顔で言った。

「結構大変ですね……」

勇吾がちらっと海香の方を見た。

「……一人一万匹にはなるけどな」

我慢できずに海香は叫んだ。

「なんで私もアリ集めるんさあ。だいたい、アリクイなんかが家にいるの絶対に嫌だからね」

「なんでだよ。アリクイ可愛いだろうが。おまえも絶対気にいるって、なあ、一休」

「海香ちゃん、動物好きですからね」

同意する一休に、海香は苛《いら》ついた。

「気にいるわけないさあ。だいたいアリクイっていくらするの？　わからないけど高いんじゃないんね」

「どれぐらいなんだ？　一休」

勇吾がまたスマホを覗き込み、一休が検索する。そしてすぐに応じた。

「七十万から九十万円みたいですね」

「そんなにするのか……」

「みたいです……」

さっきの勢いが完全に消え去っている。いつもこうだ、と海香は肩を落とした。

勇吾は、何か商売のアイデアを思いついてはいつも失敗する。

この前は珍しい熱帯魚を仕入れてそれを水槽に入れ、大型クルーザーで島を訪れる中国人観光客に見せ、その見物料をとるという意味不明な商売を思いついた。

ただ海香の予想に反して、なぜかそれはうまくいった。熱帯魚を客寄せにして、砂浜にあるいろんな形の石を拾って売ったのだ。『宮古島名物　宮古石』という適当な名前をつけ、次から次へと売りさばいていた。

勇吾はそれに味をしめて、そのお金で別の種類の熱帯魚を大量に仕入れた。けれどその熱帯魚が肉食で、他の熱帯魚を食べてしまったのだ。結果、珍しい熱帯魚は全滅してしまった。石で稼いだお金はすべて水の泡だ。

我が家の収入は、このゲストハウスの収益だけだが、そんなもの微々たるものだ。なんせ一人一泊二千円なのだから。果たして大きくなった時に大学まで通えるのかどうか、海香は五年生にしてもう不安になっている。

すると勇吾が思い出したように言う。

「一休、俺来週東京行くからよ」

「わかりました」

そう一休が頷《うなず》くや否や、海香はむっとして言った。

「お父さん、また東京行くんね」

「なんだよ。悪いのかよ」

「悪いに決まってるさあ。お金がないのに、なんでそんなに東京行かなきゃならないの。飛行機代も馬鹿にならないのよ」

勇吾が唇を歪めた。

「うるせえ。仕事なんだよ。子供が大人のやることにつべこべ言うな」

「宮古島のしょぼくれたゲストハウスやってるおっさんが、東京なんかに用があるわけないでしょ。どうせ遊びに行ってるだけさあ」

「誰がしょぼくれたおっさんだ」

一休がぼそりと訂正する。

「勇吾さん、しょぼくれたゲストハウス、です。しょぼくれたおっさんじゃないです」

これが、海香の勇吾に対する不満の一つだ。

勇吾は頻繁に東京に遊びに出かけるのだ。その往復の飛行機代は相当な額だ。せめて東京旅行を止めて、その費用を海香の将来のために貯蓄しておいて欲しい。

「おーい、みんな」

そこに一人の男があらわれた。大柄で髪を短く切り揃《そろ》えている。目も鼻も顔も丸くて、コンパスで似顔絵が描けそうな顔をしている。

上地虎太郎《うえちこたろう》だ。勇吾の幼馴染《おさななじみ》で、子供の頃からずっと一緒にいる。海香にとっても、本当のおじさんのような存在だ。

「虎太郎おじさんなんね、それ？」

虎太郎が着ているTシャツには『果人《くだんちゅ》』と書かれ、マンゴーのイラストが描かれている。

「海香ちゃんがこの前マンゴーのイラスト描いてくれただろ。すっごい上手だったからTシャツにしたくなってさ」

笑顔で自分のTシャツを引っ張る。虎太郎おじさんらしいな、と海香も嬉しくなった。

虎太郎はマンゴー農家を経営している。虎太郎のマンゴーは好評で、有名な果物店でも取り扱われ、宮古島でも名家として知られている。

そんなことにかまわず勇吾が尋ねる。

「虎太郎、今日は何持ってきた？」

「島バナナと牛肉持ってきたよ。宮古牛のいいやつね」

目の色を変えて勇吾が声を上げる。

「マジか。でかした。虎太郎」

「今日はステーキですね。ステーキ、ステーキ」

一休がはしゃぎ、勇吾がキッチンに向かって叫ぶ。

「元気！　肉だ。肉があるぞ。ステーキ食えるぞ」

いいですね、と元気の声が返ってくる。虎太郎の差し入れで、このゆいまーるはなんとか成り立っているようなものだ。海香も虎太郎の果物と肉がなければ、ガリガリになっていたかもしれない。

「じゃあこのバナナは、お母さんにあげよっと」

バナナを持って立ち上がると、勇吾が眉間にしわを寄せた。

「おまえ、お供えあげすぎなんだよ。そんな毎日やってどうすんだ」

「いいでしょ。お母さんがかわいそうさあ」

「そうですよ、勇吾さん。死んだ人を大事にするって大切なことですよ」

一休が援護してくれる。一休という名前に加えて坊主頭なので、なんだかお坊さんみたいだ。

「うるせえな。じゃあ好きにしろ」

投げやりに勇吾が言い、虎太郎が困り顔で頭を掻《か》いている。

海香は自分の部屋に行く。他の部屋と同じく二段ベッドがあるが、海香のはロフトベッドで、下は机になっている。

壁には海香が描いた絵が貼ってある。いつも描いている海の絵だ。

その右隅に仏壇があった。小さな仏壇だが、海香にとっては大切なものだ。そこに遺影が飾られ、美しい女性が微笑んでいた。少しカールのかかった上品な茶色の髪で、清潔感のある白いブラウスを着ている。

海香の母親の、早苗《さなえ》だ。

その微笑につい見とれてしまう。とても自分のお母さんとは思えないほど綺麗な人だ。

萌美もこの写真を見て、「海香ってお父さんには全然似てないからお母さん似だよ。いいなあ。大人になったらこんな美人になるんだから」と羨《うらや》ましがっている。萌美は自分の父親とそっくりで、それを心底嫌がっていた。

それにしても、勇吾の早苗を想う気持ちのなさには腹が立つ。遺影の写真もアルバムに挟んだままだったので、海香が飾ったのだ。

あんなチンパンジー顔の勇吾が、早苗のような美しい女性と結婚できたのだ。もっと早苗に感謝すべきだと、まくしたてたこともあった。

手に持った島バナナを、その遺影の前に置く。そして丁寧に手を合わせた。

「お母さんの好きな、虎太郎おじさんのバナナさあ」

早苗は、海香を産んですぐに亡くなったそうだ。病名や詳しいことを勇吾は教えてくれないが、海香も早苗が亡くなった経緯など知りたくはない。知っても早苗が生き返るわけではないのだから……。

ただ勇吾が一つだけ早苗のことを教えてくれた。早苗は、虎太郎の農園の果物が好きだったそうだ。特にマンゴーが大好きだったらしい。

若い頃、勇吾と虎太郎は東京にいた。その時に早苗と知り合ったということで、虎太郎も、早苗のことはよく知っているそうだ。

だから虎太郎が果物を持ってきてくれると、必ず一つはお供えするのが海香の習慣となっていた。

リビングに戻ると誰もいない。外に出ると、海がオレンジ色に染まりはじめていた。そろそろ夜だ。

泊まり客の女子大生達も戻ってきた。スキューバダイビングをしてきたのか、興奮した面持ちで海の中の美しさを語っている。春は水温も温かくなるので魚の動きが活発になる。ダイビングにはもってこいの時期だ。

夕食の代金は宿泊料とは別だが、ほとんどの人は、代金を払ってこうしてみんなで食卓を囲む。全員一緒にわいわいご飯を食べるのが、ゲストハウスの醍醐味《だいごみ》でもあるからだ。

砂浜と直結したテラスに出る。元気が作った料理を、海香と一休がテーブルの上に並べ、虎太郎は酒の用意をしている。勇吾はキャンプファイヤー係だ。ゲストハウスの仕事は元気と一休に任せっぱなしだが、このキャンプファイヤーだけは勇吾が担当している。

そうこうしているうちに日も暮れ、夜が訪れる。夜闇《やあん》に潮騒の音と、キャンプファイヤーのパチパチという音が混ざり合う。雰囲気あるね、と女子大生達がはしゃいでいる。

この海と火の溶け合う音を聞くと、海香はとても落ちつく。母親のいない海香にとって、この音が子守唄代わりだったからだ。

テーブルにずらっと料理が並び、勇吾、一休、元気、虎太郎、そして泊まり客全員が席に着いた。

勇吾がビールの入ったコップを掲げて言った。もちろんオリオンビールだ。

「では、宮古島の夜を楽しんでください。乾杯」

野太い声が夜の海に響き渡る。勇吾は声が大きいので、乾杯の発声の時はいつも耳を塞《ふさ》ぎたくなる。

乾杯、と他の面々も声を合わせ、コップを合わせる。海香も隣の女子大生とコップを合わせた。海香はマンゴージュースだ。

元気の料理に、海香は大満足だ。ソーメンチャンプルもラフテーカレーも宮古牛のステーキもすべておいしい。女子大生達の箸もすすんでいる。

そのうちの一人が元気に尋ねた。

「元気さんって宮古の人なんですか？」

どうやらお近づきになりたいらしい。ここに来る女性客の大半はそうだ。元気目当てで何度も泊まる人もいる。

「東京ですよ」

笑顔で応じる元気に、彼女が顔を輝かせる。

「そうなんですか。私、鳥取なんですけど、東京行ったことあります」

なんて強引な共通点の作り方なんだろう……と海香は思った。その間に、一休は空いたコップにビールをついでまわっている。

彼女がぐるっと見回した。

「他のみなさんは、宮古島の方なんですか？」

勇吾と虎太郎を見て言っている。二人は南国っぽい顔立ちだ。

「そうだよ。ここで生まれ育ってる」

ビールを一口呑んでから勇吾が返した。

「そうなんですか。方言とかないから、お二人も東京の方かと」

「僕たちは若い頃は東京にいたからね。標準語になったんだよ」

笑顔で虎太郎が応じる。宮古島の人間は若い頃に一度島を出て、また戻ってくることが多い。どこに行っても宮古島の海から離れられないんだろうね、と虎太郎が言ったことがある。私も大きくなったらそうなるんだろか、海香は考えるが、今はぴんとはこない。

すると勇吾が突然声を上げた。

「さあ、オトーリだ」

「待ってました」と一休がはやし立て、虎太郎が指笛を吹く。虎太郎の指笛はとても甲高い音がする。

オトーリとは宮古島特有のお酒の呑み方だ。みんなで集まって泡盛を呑むだけなのだが、独自の呑み方がある。

「海香、準備しろ」

はい、はい。海香は面倒臭いなと思いながら、空のピッチャーに氷と水と泡盛を注ぐ。水七割、泡盛三割だ。子供の頃からずっとやっていることなので、もう完璧にできる。

虎太郎がカメラを構えて写真を撮っている。海香が小さな頃から虎太郎はカメラマン役だ。勇吾に子供の成長を写真に残しておくという親心なんてない。虎太郎がいなかったら、海香の写真はほぼゼロだったところだ。

ピッチャーの泡盛をコップに注いで勇吾に手渡すと、勇吾が立ち上がる。

「みなさん、宮古島に来ていただいてありがとうございます。たっぷり宮古島を満喫して、またいつか島に戻ってきてください。もちろん宿はこのゆいまーるで。リゾートホテルに泊まってるところを見かけたら、嚙《か》みついてやるからな」

そう歯を剝き出しにして狼のような顔をすると、女子大生達が笑った。ただ海香は、何度も聞いている台詞《せりふ》なのでくすりともしない。

女子大生達を見て満足そうに、勇吾が酒を呑み干す。そして空いたコップに泡盛を注ぎ、隣の人に渡す。同じコップで回し呑みするのだ。

勇吾が親で、他の人が子だ。これを一周すると、親が別の人になりまた同じことをくり返す。

これを延々とやるのが、オトーリだ。

ただ、酒を呑めない人には強要しない。それもオトーリのルールだ。

さあ仕事は終わった、と海香は席を立って自分の部屋に戻った。ここからやっと普通の小学生になれる。机に座り、宿題の続きをはじめる。

窓の外から届く騒ぎ声を聞きながら宿題するのも海香の日課だ。宮古島の子供はみんなこうだろう。毎夜毎夜、大人たちはこんな宴会をやっているのだから。

そうこうするうちに三線《さんしん》の音が鳴り響く。勇吾が弾いているのだ。それに合わせて虎太郎が指笛を鳴らしている。ちょっと覗いてみると、みんな手拍子しながらキャンプファイヤーの炎の周りで踊っている。

海香はため息をついた。このどんちゃん騒ぎが日常なのだ。これが一生続くのかと思うとぞっとする。

本棚からパンフレットを取り出す。東京の美術大学のパンフレットだ。海香の夢は、東京の美大に入学することだった。

絵が得意なので、それを活かした仕事をしたい。そんなことを萌美に話していたら、「じゃあ二人で東京に行こうよ。私は普通の大学で、海香は芸術系の大学に行ったら」と提案されたのだ。

それを聞いて海香は興奮した。このまま大人になって、このゲストハウスで毎日お酒を呑むなんてまっぴら御免だ。

東京の美大に進学する……絵と都会という海香の好きなものが二つもあるのだ。これを目指さないわけがない。だがすぐに問題が発覚した。

学費の高さだ。医大や医学部よりは安いが、それでも他の学部よりは高い。国公立であることは当然だが、だいたい萌美の親はホテルや老人ホームを経営していて、宮古島の中ではかなり裕福だ。

ボロボロのゲストハウスのオーナーをやっていて、東京の美大になんか行けるわけがない。いや我が家の経済状況ならば、東京の大学どころか、大学に行けるかどうか危ういところだ。

「はあ……」

口元からあきらめの息がこぼれ落ちた。その直後、勇吾の馬鹿笑いが聞こえてきた。

## 2

翌朝リビングに行くと、元気が一人でコーヒーを呑みながら漫画本を読んでいた。

「おはよう。海香ちゃん」

昨日あれだけ呑んで騒いでいたのに、まるで何事もなかったみたいだ。元気は、勇吾や虎太郎よりも酒が強い。

漫画の表紙を見ると、『小宮山正樹《こみやままさき》』という著書名が書かれていた。

「またその人の漫画読んでるんね？」

「うん。これはなんか何度も読みなおしたくなるね。面白いというのもあるけど、読むとなんだかほっとするんだ」

ほっとするという気持ちはよくわからないが、海香もこの漫画が好きだ。小宮山正樹の絵が上手いこともあるが、なんだか妙に惹《ひ》きつけられるのだ。

「この小宮山さんって作家、勇吾さんと虎太郎さんの知り合いらしいよ」

「そうなんだ」

「うん。この人の漫画があんまり面白いから、勇吾さんと虎太郎さんで出版したんだって」

「出版って、お父さんたちにできるね？」

「自費出版ってやつだね。ここでしか読めない特別な一冊だよ」

確かに泊まり客にこの漫画を勧めると、みんな興味深そうに読んでくれる。

「でもこの漫画なら十分商業出版でもいけそうな気がするけどね」

大事そうに元気が漫画本を触っている。

「それにしても元気君って本好きだよね」

「ここに来てから読むようになったね。小説や漫画がこんなに面白いものだとは思わなかった」

ずいぶん実感がこもっている。

「じゃあ子供の時は勉強ばっかりしてた？」

「ぜんぜん。学校の勉強なんかちっともやらなかったよ」

「ふーん」

ちょっと意外だ。元気は勇吾と違い、勉強ができそうに見える。

「みんなまだ寝てるんね？」

「今回のお客さんは盛り上がるのが好きな人が多かったからね。みんな朝方まで呑んでたよ」

苦笑する元気を見て、海香は客に同情する。勇吾はお酒を強要するわけではないが、あの豪快な呑み方につられてしまったのだろう。虎太郎が、今日は休みだというのも日が悪かった。休みの前日の夜は、勇吾と虎太郎ははめを外しやすい。

戸棚からウコンのサプリを取り出し、机の上に並べておいた。なんでも、琉球大学で栽培したウコンらしく、とてもよく効くそうだ。ゆいまーるの常備品となっている。

元気もミキサーで野菜ジュースを作りはじめた。二日酔いに効果のある元気特製のジュースだ。ゆいまーるではこれを『元気ジュース』と呼んでいる。

トーストと虎太郎の島バナナ、そして元気ジュースを呑むと、海香はランドセルを背負った。玄関に向かおうとすると、元気が引き止めた。

「海香ちゃん、連絡帳にサインしてないいんじゃない」

「あっ、そっか」海香は急いでランドセルを下ろし、中から連絡帳を取り出した。元気はそれに目を通すと、几帳面《きちょうめん》な字でサインをする。連絡帳に書いてあることを確認しました、という意味だ。

勇吾が面倒臭がってサインをしてくれないので、代わりに元気にしてもらっている。元気がわざわざ学校に行って、担任の先生に許可を取ってくれた。

海香の担任は女性で、元気を見て色めき立っていた。「柊元気さんっていうのね」とわざわざ何度も名前をくり返していたほどだ。

行って来ます、と家を出て学校に向かう。砂浜を踏みしめてすぐにアスファルトの道路に出る。黒ずんだコンクリート造りの住宅街を歩く。台風対策で宮古島の家はほぼコンクリートでできている。前に泊まり客と話していた時、内地は木造の家も多いと聞いてとても驚いた。内地の人は台風が怖くないいんだろうか？

外の壁には模様のような透かしの入ったコンクリートブロックで、模様が花に似ていることから花ブロックと呼ばれている。こうして強い日射しを避けつつ、明かりを室内に取り込むのだ。この花ブロックも、内地の人たちは知らないそうだ。

道には小学生たちが列をなして歩き、ある人物に向かって、みんなが「おはよう」と挨拶をする。

白いヘルメットを被って警察官の格好をしている。顔はまっ白で、ちょっと気味が悪い。でも本当の警察官でも人でもない。ただの人形で、宮古島のマスコット『宮古まもる君』だ。宮古島のあちこちに点在している。

海香はその顔を凝視した。まもる君はどこか切なそうな顔をしている。時々絵に描いてみるのだが、どうもこの憂いのある表情を紙の上に表現できない。

「今日もまもる君悲しそうな顔をしてるさあ」

いつの間にか萌美が横にいた。

「だからよお、早く人間に戻りたいんだろうね」

萌美の考えによると、まもる君は元々人間らしい。

「うちのお父さんもそろそろまもる君になるさあ。昨日も散々騒いでたから」

ご機嫌斜めで萌美が言う。泡盛を呑んでどんちゃん騒ぎをする宮古島の男達の中で、特にひどい男がある日、神様の怒りを買い、宮古島を守るようにと人間から宮古まもる君にされたというのが萌美の説だった。

「うちもたぶんそうなるさあ」

勇吾がまもる君になれば、少しはゆいまーるも静かになる。

二人で教室に入ると、男子達が輪になっていた。何やら興奮している様子だ。

何してるんだろう、と海香と萌美がその中心を覗き込んで驚いた。知念《ちねん》という男子がスマホを持ってきていたのだ。

「あっ、スマホ持ってきたらダメなのに」

学校ではスマホの持ち込みは禁止されている。だが海香は、そのスマホ自体を持っていない。勇吾がそんなものを買ってくれるわけがない。

知念が目を剝いた。

「うるさい。昨日ヒカリンが登録者数八百万人突破したんだからな。特別にいいさあ」

「ヒカリンってなんね?」

海香が訊くと、全員が呆気《あっけ》にとられたような顔をした。その反応に、海香の方が驚いてしまった。

知念が馬鹿にするように言った。

「おまえヒカリン知らねえんか。原始人か」

「かさましね。ヒカリン知らなくたっていいさあ」

代わりに萌美が反論するが、知念はまだ攻め立ててくる。

「今時ヒカリン知らないって、ありえないだろうが」

「うるさい。それ以上海香に何か言ったら、スマホ持ってきてるの先生に言いつけるね」

急に知念が押し黙る。これほど小学生男子に効果覿面な台詞はない。

行こ、行こと萌美が海香の腕を引っ張り、二人で席に座る。

「ほんと男子ってかさましさあ」

そう萌美が憤慨しているが、海香は気にもしていない。男というのは子供も大人もあんなものだ。勇吾を見ていればよくわかる。

「どうしたの?」

隣に比嘉朋迦がいた。みんなたいていTシャツだが、朋迦はいつも襟付きの白いシャツを着ている。顔からはみ出そうな大きめの眼鏡が特徴的だ。

「知念が、海香がヒカリン知らないって馬鹿にしてきたね」

「彼らはまだ精神的に成長段階だからね。許してあげてよ」

そう朋迦が諭してくる。朋迦はいつもこんな大人びた言い回しをするので、同じ男の子でも知念や他の男子と同年齢だとは思えない。

「で、ヒカリンってなんね?」

改めて尋ねると、朋迦が答えた。

「日本で一番有名なユーチューバーだね」

「ユーチューバーって、なんか聞くさあ」

知念たちがそんな話をしているし、ゆいまーるの泊まり客もそんなことを言っていた。

「世界最大の動画共有サイトがＹｏｕＴｕｂｅ《ユーチューブ》という名前で、そのＹｏｕＴｕｂｅに動画を投稿する人たちをユーチューバーっていうんだ。まあＹｏｕＴｕｂｅを簡単に説明すれば、インターネットのテレビみたいなもんかな」

「萌美は知ってるね？　ＹｏｕＴｕｂｅ？」

海香が顔を横に向けると、萌美は首を縦に振る。

「うん。よくヘアメイクのチャンネルとか見るから」

どうやら知らないのは海香だけみたいだ。知念の言う通り、自分は原始人なのかもしれない。

朋迦が補足するように言った。

「ＹｏｕＴｕｂｅの最大の特徴は、誰でも動画を投稿できることだよ」

「誰でもいいね？　芸能人じゃなくても」

普通のテレビだったら、タレントなどの有名人しか出られない。

「うん。普通の人が投稿してるよ」

「なんのためにそんなことするんね？」

「たくさんの人に自分の動画を見てもらいたいというのもあるけど、動画から広告収入を得られるからだろうね」

「広告収入ってお金稼げるね？　普通の人が」

つい声が甲高くなる。最近お金に敏感になっているせいだ。

「そうだよ。だから今ユーチューバーが注目の職業になってるんだ。何せヒカリンみたいなトップユーチューバーなら、年収十億円ぐらいはあるんじゃないかな」

「じゅ、十億円！」

あまりの金額の大きさに椅子から転げ落ちた。すぐに座りなおし、勢い込んで言った。

「ヒカリンってそんなに稼いでるね」

感心する萌美に朋迦が頷く。

「企業とのタイアップとかあるから、たぶんもっと稼いでるかもしれないね。何せヒカリンは、ユーチューバーという職業を世間に認知させた人だからね。今やアイドルやタレントよりも有名だよ」

「だから知念たちもあれだけ騒いでたのか」

海香は知らなかったが、ヒカリンはどうやらスターみたいだ。

萌美が疑問を投げる。

「朋迦君ってＹｏｕＴｕｂｅに詳しいね」

「父がＩＴ関係の仕事だからね。自然とそういう方面の知識は入ってくるよ」

朋迦の父親は会社勤めをせず、家の中でネットの仕事をしているそうだ。勇吾や虎太郎のような宮古島の大人とは少し毛色が違う。

「それだけよく知ってたら、朋迦君もユーチューバーになれるんじゃない？」

朋迦が肩をすくめる。

「知識があるからできるってわけじゃないよ。それに僕は何か特異なキャラクターを持っているわけじゃないから、出ても面白くないよ」

「……そう？　キャラクターはあると思うけどね」

萌美が納得いかない顔をした。


学校が終わって、海香は家に戻った。

ランドセルを玄関に置いて、絵の道具を持ち、そのまま砂浜に向かう。今日は海の色がいいので、すぐに絵を描きたい。

砂浜に腰を下ろして、海と向き合う。ただ、どうも集中できない。朝に萌美と朋迦と話していた、十億円という響きが頭の中でうごめいている。

そんなお金があったら東京の美大に通うどころか、美大ごと買えるかも？　いや、さすがにそれは無理かな。でも美大っていくらぐらいするんだろ？

わけのわからない疑問で首を傾げていると、

「今日は海がいつもよりも綺麗ね」

はっとして顔を上げると、白衣を着た若い女性が立っていた。

小島唯《こじまゆい》だ。この近くの医療施設で働くカウンセラーだ。

「うん。でもなんかうまく描けないさあ」

「へえ、そうなの。上手に描けてるけど」

唯がしゃがみ、髪をかき上げて海香の絵を覗き込んだ。その透き通るような横顔に、海香は思わず息を呑み込んだ。

綺麗……そう声に出しかけて喉元で押し止める。ほのかにいい匂いも漂ってきたので、頭が一瞬ぼうっとする。

「どうしたの？　海香ちゃん」

「ううん、なんでも」

怪訝そうな唯に、海香は慌ててごまかす。

唯は、この近所でも有名な美人だ。清潔感と透明感があって、何か別世界から来た人に見えてならない。こんな女性になりたいが、とても無理だとあきらめてもいる。

「あっ、唯さんもいたんですか」

今度は元気があらわれる。

「こんにちは。元気さん」

唯が立ち上がり、お互いが同時に微笑む。美男美女の笑顔を見て、海香はなんだかテレビドラマの中に入り込んだ気分になる。

「どうですか、お仕事の方は？」

「ええ、最近気候がいいので、みなさん嬉しそうです」

元気の問いに、唯がにこりと応じる。

唯の働く施設では、アイランドセラピーというものをしているらしい。宮古島のような自然豊かな島には人の心を癒《いや》す力があるらしく、その自然の力を利用して治療を行なっているそうだ。ただ海香には、それが一体どういうものかはよくわからない。

三人で家に戻ると、テラスのテーブルに勇吾、一休、虎太郎がいた。さすがの三人もこの時間には起きている。

三人が何やら話し合っている。その目線の先には図鑑があった。いろんな動物がずらりと並んでいる。まさか、と海香は嫌な予感がした。

勇吾がこちらに気づいた。

「あっ、唯ちゃんもいるじゃねえか」

唯はよくゆいまーるに遊びに来るので、仲間の一員となっている。

「唯ちゃんは、動物で好きなのいるか？」

やっぱりだと頭を抱える。昨日のアリクイの代わりを探しているのだ。

「私、パンダが好きです」

唯が即答すると、勇吾が手を叩いた。

「いいな。パンダ。パンダ飼おうぜ」

「パンダは中国のものなので、レンタルしないと無理です。しかもレンタル料がかかりますよ」

すかさず元気が口を挟むと、勇吾がそろそろと訊いた。

「……レンタル料っていくらなんだ」

「まあ、一億円ぐらいですかね」

「一億？　あんな白黒の目つきの悪い熊がそんなにするのか」

愕然《がくぜん》とする勇吾に、一休が提案する。

「宮路《みやじ》商店の太った犬いるじゃないですか」

「ああ、あのサーターアンダギーみたいな犬な」

勇吾がそう言うと、唯が吹き出した。サーターアンダギーとは沖縄のお菓子で、丸型のドーナッツのことだ。

「あの犬借りてきて、目の周り黒く塗ったらパンダに見えないですかね」

勇吾が腕組みして言った。

「……アリだな」

我慢できずに海香は口を開く。

「そんなことしたらかわいそうでしょ。お父さん、お金欲しいんならユーチューバーやったらいいじゃない」

「ユーチューバーってなんだそりゃ？　新手の歯磨き粉か？」

きょとんとする勇吾に、元気が説明する。

「ＹｏｕＴｕｂｅっていうネット上で動画を投稿するサイトがあるんです。そこに動画を投稿する人たちを、ユーチューバーっていうんですよ」

「勇吾さん、ＹｏｕＴｕｂｅ知らないんですか？」

目を丸くする一休を見て、勇吾が声を強めた。

「なんだ。なんだ。みんなＹｏｕＴｕｂｅ知ってんのか？」

唯と虎太郎も頷く。子供だけでなく大人も知っているみたいだ。

「虎太郎はなんで知ってんだよ」

どこか不満げに勇吾が訊く。虎太郎は自分と同じ知識量であって欲しかったみたいだ。

「なんかテレビでやってたよ。子供達のなりたい職業ランキングに、ユーチューバーっていうのが入ってるって」

「なんでそんなもんになりたいんだ」

首を傾げる勇吾に、元気が優しく教える。

「YouTubeの視聴者は子供も多いですからね。見ていると自分もなりたいと思うんじゃないんですか」

それを聞いて、勇吾が鼻で笑った。

「なんだよ。子供向けのくだらねえもんかよ」

そこで海香は声を大きくする。

「何言ってるんね。日本一のユーチューバーのヒカリンは、年収十億円さあ」

「じゅ、十億円！」

勇吾がのけ反り、椅子から転げ落ちる。自分と同じ反応だったので、海香は複雑な気持ちになった。

あたふたと椅子に座りなおし、勇吾がかぶりつくように訊いてくる。

「十億円って本当か？　十万円の間違いじゃねえのか」

「違う。十億円」海香は語気を強める。「それにヒカリンは、誰もが知ってる有名人なんだから。今ユーチューバーっていうのは、テレビに出てくるアイドルやタレントよりも有名さあ」

朋迦の受け売りをそのまま伝えると、勇吾が元気を見た。

「ほんとか、今の海香の話は」

「ええ、本当ですよ」

元気が首を縦に振ると、勇吾が血走った目で重ねる。

「なんでそんなに儲かるんだ」

「主に広告収入ですね。ＹｏｕＴｕｂｅで動画を見ようとすると広告が流れるんですが、視聴者がそれを見ると、その動画を作成したユーチューバーにお金が入るんです」

「なるほど。じゃあ見る人間が多ければ多いほど儲かるってわけか」

「ええ、ヒカリンクラスの人気ユーチューバーになると、その他にも企業の商品を紹介することで紹介料を得たり、テレビなどの他媒体からの出演料も入りますからね」

「だから十億円か……」

目を輝かせる勇吾に、虎太郎が言った。

「テレビでもそのヒカリンっていう人の特集やってたぞ。なんでもない普通の人が、ＹｏｕＴｕｂｅのおかげで大金持ちになったたって。今は子供だけでなく大人もＹｏｕＴｕｂｅを見ていて、海香ちゃんの言うようにヒカリンはスターだってさ」

元気がさらに付け足す。

「ヒカリンのＹｏｕＴｕｂｅチャンネルの登録者数は、今や八百万人ですからね。下手なテレビ局よりも影響がありますよ」

「テレビ局……」

放心したように勇吾が漏らすと、奇妙な間が空いた。突然落とし穴に落ちたような沈黙だ。遠くから潮騒の音が聞こえてくる。

「勇吾さん……」

黙り込む勇吾を見かねたように一休が声をかけると、勇吾は我に返り、沈黙をごまかすように声を張り上げる。

「よしっ、決めた。俺はユーチューバーになるぞ」

「えっ、勇吾さんユーチューバーになるんですか。アリクイは飼わないんですか？」

「馬鹿野郎。なんで俺がそんな珍動物飼うんだよ。ユーチューバーだ。ユーチューバーで有名になって大儲けしてやる」

自分が言い出しっぺだが、勇吾にユーチューバーの存在を教えたことを海香は後悔した。どうせろくなことにならない。

「じゃあ僕ユーチューブの本持ってるんで、今持ってきますよ」

そう言って元気が自分の部屋に向かおうとする。

「俺もパソコンとカメラ持ってきます」

と一休も立ち上がったので、海香も付いていくことにした。

「またお父さん、面白いことはじめそうね」

唯が海香にひそひそと耳打ちし、小さく肩を上下させる。勇吾が何かしでかすのを楽しみにしているみたいだ。

「うまくいきっこないさあ」

ため息混じりに海香が返すと、その会話を背中で聞いていた元気が言った。

「そうかなあ。僕は勇吾さん、ユーチューバーに向いてると思うな」

「どこが？　じゃあお父さんがヒカリンみたいになれるね？」

「さあ、それはどうだろうね」

おかしそうにはぐらかす元気を見て、海香は首をひねった。

*

みんなが廊下に向かう背中を、勇吾は見つめていた。すると虎太郎が感慨深げに言った。

「元気君があんなこと言って驚いたね。人気ユーチューバーは、下手なテレビ局より影響があるんだって」

「まあな……」

勇吾はぼそりと返す。

「あの時にYouTubeがあったらよかったのになあ」

虎太郎がつぶやいたが、「まあな」と勇吾は答えられなかった。

波の音が聞こえる。勇吾は昔を思い出した。

十二年前　東京

勇吾はテレビ局のレッスン場にいた。

今ネタを終えたばかりなので、脇からの汗がすごい。シャツだけではなくスーツにまで染み込んでいる。これはクリーニング代がかかるなと胃が痛んだが、テレビに出演できればそれもすべてチャラだ。

目の前には長机があり、そこに三人座っている。右から順にディレクター、演出家、放送作家だ。

今日はテレビ番組のオーディションで、勇吾はそれに参加していた。

ディレクターがだるそうに言った。

「えっと、おまえ芸歴何年めだっけ」

「四年目っす」

自分で言って驚いた。宮古島の高校を卒業してすぐに上京し、勇吾は芸人になった。あれからもう四年も経ったのだ。

「まずさあ、その衣装なんなの？　ド派手な青色のスーツって」

「変ですかね？」

「だせえよ。目立ちゃなんでもいいと思ってんだろ」

むっとしたが、それを表情に出さないように注意する。

「それよりもネタの中身だよ。ネタ。四年もやってていいこととダメなこともわかんねえの？巨大化したタカアシガニが高級車を串刺しにするって、そんなネタ、テレビでできるわけねえだろ」

「えっ、ディレクターさん甲殻類アレルギーなんですかね？」

「馬鹿、そうじゃねえよ。うちの番組のスポンサーが自動車メーカーだろうが。なんで知らねえでオーディション受けてるんだよ」

「すみません」

勇吾は謝るが、内心では納得していない。面白ければいいではないか。

「だいたいさ。その沖縄訛《なま》りなんなんだよ」

「沖縄じゃなくて自分は宮古さあ」

「どっちでもいいんだよ。東京でテレビ出たかったらな、まずその訛りをなおせよ」

怒りで拳を握りしめ、その不快な横っ面に叩きつけたくなった。だがその感情を必死で抑え込む。

デビューしたての頃、劇場の放送作家と喧嘩になって、半年間も謹慎した経験がある。もう二度と同じ過《あやま》ちはくり返さない。

「ありがとうございます。訛り、なおします」

そう声を絞り出したが、その嘘と一緒に本音も溢れ落ちた。

「プリムヌが……」

「えっ、なんか言ったか?」

「……いえ、なんでもありません」

慌ててごまかす。プリムヌとは宮古の言葉で馬鹿という意味だ。

三日後、勇吾は中野《なかの》にある居酒屋の厨房にいた。

黒いTシャツを着て、頭に黒いタオルを巻いている。腰には同じく黒色の前掛けをしていた。手に包丁を持ち、ネギを刻んでいる。

勇吾はこの居酒屋でアルバイトをしている。とても芸人の稼ぎで生計を立てることはできない。早く芸人として売れっ子になり、バイトを辞めることが勇吾の今の目標だ。

「そうか、オーディション、ダメだったのか」

ジャガイモの皮を剝きながら小宮山正樹が残念そうに言う。眼鏡がずり落ちそうになったので、包丁を持った方の手の甲で押し上げる。勇吾は軽く頭を下げた。

「すみません。正樹さんにバイト代わってもらったのに」

芸人という仕事は、急遽オーディションやら舞台の仕事が飛び込む。その度にバイトを休まないといけないので、勇吾は数々のバイトをクビになっていた。

だがここではそんな苦労がない。それは、正樹がお笑い芸人という職業に理解があるからだ。勇吾に突然仕事が入ると、快く代わってくれる。正樹がいなければ、勇吾は生活もできない。まさに恩人のような存在だ。

「いいよ。漫画はどんな時間でも描けるから」

正樹は漫画家志望で、勇吾同様ここでバイトをしながら漫画を描いている。賞にも何度か入選しているほどだ。勇吾もその漫画を見せてもらったことがあるが、十分にプロになれる画力を持っていると思った。

「正樹さんがなんでプロデビューできないのか、ほんとわからないさあ。プロでも正樹さんより下手な人たくさんいますよ」

「まあ僕の漫画は迫力がないし、日々の日常を描いているだけだからさ。編集者さんもデビューさせにくいんだよ」

確かに正樹の漫画は地味でインパクトに欠ける。でもそれが正樹の漫画の良さでもある。勇吾は、正樹の漫画を読んで思わず泣いてしまったことがある。正樹の漫画は、人の心を震わせる力があった。

「じゃあちょっと迫力のあるもの描くっていう手もあるんじゃないですかね。世の中に合わせるっていう意味じゃないですけど」

「いやあ、僕は人が殴られたり傷ついたりする漫画は描けないからさ。このまま地道に自分なりの漫画を描くよ」

正樹は本気でプロになる気があるんだろうか？　才能はあることに疑いの余地はないが、勇吾から見ると正樹は少し気概が足りない。

「どうも、青柳《あおやぎ》青果店です」

勝手口から虎太郎が入ってくる。キャップを後ろにかぶり、勇吾たちと同様に前掛けをしている。

虎太郎は高校を卒業すると勇吾と同じく上京して、虎太郎の父親の知り合いである青柳青果店で働いている。ゆくゆくは親の跡を継いで、マンゴー農家になる予定だが、その前に東京でいろんな経験を積もうということらしい。

青柳青果店はその品物の良さから、中野周辺の飲食店から大きな支持を受けていて、勇吾がバイトする店にも果物を卸していた。

正樹が早速報告する。

「虎太郎君、マンゴー相変わらず評判いいよ。うちのお客さん大喜びだよ」

「ありがとうございます」

満面の笑みで応じる虎太郎に、勇吾はひそひそと訊いた。

「早苗ちゃんの件はどうなったね？」

「うん、この店であのマンゴー食べられるって言ったら大喜びしてたよ。絶対来るって」

「よしっ、さすが虎太郎。よくやったね。俺から誘うより虎太郎から誘った方が警戒心弱まるからさあ」

喜びのあまり虎太郎の背中を何度も叩くと、正樹が興味深そうに訊いた。

「なんだい。早苗ちゃんって」

虎太郎がおかしそうに説明する。

「キャバクラで働いてる女の子ですよ。この前勇吾がうちの店に遊びに来てる時に、その早苗ちゃんが果物を受け取りに来たんですよ。早苗ちゃんの店にもうちの店が卸しているんで」

「確かにキャバクラもフルーツの消費量多いもんね」

「ええ、そこで勇吾がその早苗ちゃんに一目惚れしちゃったんですよ。彼女は果物が好物で、特にマンゴーが好きなんです。ちょうど親父が最高級のマンゴー送ってくれたんでみんなで食べたら、早苗ちゃんがそれをすごく気に入ってくれたんですよ」

そこで正樹がぴんときたようだ。

「なるほど。それでうちの店でマンゴーを食べさせてあげるからって誘ったわけだ」

「ええ、そうなんです」

頷く虎太郎を見てから、正樹が勇吾の方に顔を向ける。

「その早苗ちゃんってどんな女の子なんだい」

「この子です」

勇吾は携帯電話を取り出し、画面を見せる。待ち受け画面に設定しているのですぐに見せられる。

「へえ、美人だね。清楚なお嬢さんって感じがするね」

「もう、ばつぐんに可愛いさあ」

勇吾が声を強めると、虎太郎は違和感を含んだ声で言った。

「清楚？　ちょっと写真見せてよ」

強引に携帯電話を取り上げ、あっと声を上げる。

「なんだこりゃ。早苗ちゃん、いつもの格好と全然違うじゃないか」

首をひねって正樹が訊く。

「違うってどういうこと？」

「早苗ちゃんってもっと化粧が濃くて、髪の毛の色も明るいんですよ。いつもの見た目はとにかく派手で、この写真とは真逆ですね。勇吾、どうしたんだこの写真？」

「それ、清楚ナイトってイベントの格好なんだ。コンセプトは良家のお嬢様らしい。俺はいつもの早苗ちゃんの写真が欲しかったんだけどさあ。俺がこういう格好嫌いって知ってるから送ってきたんんね」

勇吾は、早苗が送ってきた写真に不満はあったが、早苗のそういう意地悪な性格が好きなのだ。写真を見ながら虎太郎がしみじみと言う。

「絶対こっちの方がいいじゃないか」

「どこがいいんだ。普段のキャバ嬢みたいなド派手な方が全然いいさあ」

「へえ、勇吾君はそっち系の女性が好きなんだね」

妙な感心をする正樹に、虎太郎が苦笑混じりに説明する。

「勇吾の好きな女の子って昔からそうなんですよ。美人なんだけど、ちょっと癖があるっていうかなんていうか。この早苗ちゃんも、勝気でざっくばらんって感じの女の子なんです」

ふんと勇吾は鼻の上にしわを寄せる。

「かさましね。おまえには早苗ちゃんの魅力はわからねえさあ。とにかくこのマンゴー会は絶対に成功させるぞ」

その意気込みを逸らすように、虎太郎が尋ねてくる。

「それよりオーディションはどうだったの？」

この野郎、マンゴー会が失敗すると思ってやがるな。勇吾は腹が立ったが、とりあえず話を合わせてやる。

「……ダメだった」

「あのネタよかったのに。タカアシガニのやつでしょ。劇場でもウケてたじゃない」

虎太郎はよく勇吾のネタを見に来てくれる。というか子供の頃から面白いことを思いつくと、まず最初に虎太郎に披露した。そこで虎太郎が腹を抱えて笑うので、勇吾も芸人を目指す気になったのだ。

「さいが。それがあいつら難癖つけやがってさあ。訛りもどうにかしろとぬかしやがったね」

「だいぶマシになってきてるけどね」

虎太郎はもう完全に訛りが取れている。とにかく順応力が高いのだ。

「なんでネタもできねえ奴にあれこれ言われなきゃなんねえんだ。テレビ局員だからって偉そうにしやがってよお。学歴とお笑いの能力は関係ねえさあ。そこまで言うなら舞台に上がって笑いの一つでも取ってみろね」

「でもテレビ局の偉い人の言うこと聞かないと、テレビに出られないんじゃないの」

「それが腹立つんだよ。俺が大金持ちだったら自分でテレビ局やるね。そしたら好きなだけ出られるさあ。『勇吾TV』だ」

「それいいね。確かに自分でテレビ局やれたら無敵だ」

虎太郎が手を叩いて喜ぶ。単純な奴だ。

勇吾の苛立ちを鎮めるように、正樹が優しく言った。

「まあ、世の中っていうのはそういうものじゃないかな。漫画でも編集者さん自身は漫画は描けないからね」

「そんな奴に何か言われるのって、腹が立たないっすか?」

「でもそういう人だからこそ客観的に、お客さんの目線で判断できるんじゃないかな。僕はそう思ってるけど」

そう正樹は微笑むが、勇吾は納得できない。

ちょっと銀行に両替に行ってくるよ、と正樹が店を出た。店長は正樹を信用しているので、お金の管理も任せている。

頭のタオルをほどき、勇吾は無造作に椅子に座った。不満混じりに本音をこぼす。

「正樹さんっていい人なんだけど、どうもやる気が見えねえな」

「そう?」

ダンボールから果物を出しながら虎太郎が応じる。

「そうだよ。本気で漫画家になってやるんだっていう、気合いが足りねえさあ」

「それは勇吾みたいな人間から見たらってことだろ。正樹さんは誰よりも真剣に漫画家を目指してる。そんな言い方は正樹さんに失礼だろ」

強い口調で反論するので、勇吾は目を丸くする。

「……なんだよ、おっかねえ顔してよお」

一瞬迷うような目を浮かべたが、「まあ、いいよね」と虎太郎が棚の方に寄る。そして手提げ鞄から何かを取り出した。それは正樹の鞄だ。

「おい、勝手に何すんだよ」

「ノート見るだけだから。この前も見せてもらったし」

目的のノートを取り出す。虎太郎はこういう強引な一面もある。

虎太郎がノートを広げると、勇吾はたまげた。

「……なんだこれ」

そこにはびっしり文字と絵で埋められていた。今人気のある漫画をこと細かく分析しているみたいだ。

「ほら見てよ。これっ」虎太郎がページをめくる。「人気漫画だけじゃなくて、流行《はや》りの映画から何から全部調べてある。どうしてこれが流行しているのか？　人は何を面白がるのか？　それを常日頃分析しているんだ」

「なんでおまえが知ってるんね？」

「この前さ、間違って定休日にこの店に来ちゃったんだよ。そしたら正樹さんが一人でノートに向かってこれ書いてたんだ。面白い漫画を描くにはこういうことをするのが大事なんだって言ってたよ」

　自分は他人のネタの分析なんてしたことがない。

「正樹さんはちゃんとプロの漫画家になるための努力をしてるよ。居酒屋の仕事も忙しいのに寝る間も惜しんで漫画描いて、いろんなもの見てこんなに分析もしてるんだからさ。勇吾にはそういう正樹さんの努力が見えないだけだよ」

　虎太郎が抑揚のない声で言う。勇吾にきちんと言い聞かさなければならない、ということだろう。そういう時はこんな口調になる。

「……悪かったね。反省した」

「僕に言うんじゃなくて、正樹さんに直接言いなよ」

「そうだな。正樹さんが戻ってきたら謝る」

「そうした方がいい」

　笑顔の虎太郎に、勇吾は決意を込めて言った。

「あと、俺訛りなくすように努力する。テレビに出るためだもんな」

虎太郎がきょとんとする。だがすぐにさっきよりも笑みを深めた。

「うん。俺もなるべく方言出さないようにするよ」

「おまえはいいだろうが」

「勇吾がつられて、宮古訛りになるかもしれないからさ」

虎太郎は昔からこういう奴だ。だからこそ、虎太郎は親友なのだ。

「たんでぃがたんでぃ」

「ほらっ、そこはたんでぃがたんでぃじゃなくて、ありがとうだろ」

「ああ、そうか」

「言ってるそばから宮古弁を使ってどうするんだよ」

虎太郎が大笑いした。

正樹に虎太郎……東京に出て苦労はしているが、自分は人にだけは恵まれている。勇吾はそのことに深く感謝した。

## 3

目覚まし時計がなった。

海香はそれを止めてため息をつく。学校のみんなはスマホのアラームで起きていると言っていた。今時こんなアナログの時計に起こされているのは自分ぐらいだ。ヒカリンを知らないのも無理はない。

「おはよう」

寝ぼけ眼をこすりながらリビングに入って驚く。

勇吾が起きているのだ。しかもテーブルにはノートパソコンが置かれ、その脇には本が積まれていた。そのすべてがＹｏｕＴｕｂｅに関するものだ。

「どうしたね、こんな時間に起きて」

勇吾が朝にリビングにいるなんて見たことがない。

「何言ってやがんだ。ユーチューバーになるためだろうが」

本気でユーチューバーを目指す気なのか、と海香は耳を疑った。昨日の発言はいつもの戯言《たわごと》だと思っていた。

「おい、元気。このアカウントってのはなんだ」

「知りませんよ」

素っ気なく元気が答えると、勇吾は苛々して言った。

「おまえ、こういうの詳しいんじゃねえのかよ」

「知識はありますけど、自分でやるのがユーチューバーの第一歩ですよ」

「なんだよ、そりゃ」

そう舌打ちしたが、勇吾は言われた通り素直に本を読みはじめた。

「ちょっと、ちょっと元気君」

元気のシャツを引っ張り、部屋の隅まで連れていく。そしてひそひそと尋ねた。

「どうしたね？　お父さん」

「勇吾さん、昨日言ってたじゃない。ユーチューバーになるって」

元気がおかしそうに肩を揺する。

「そうだけどさあ……」

一晩経てば忘れると思っていたし、いつもと熱の入れ様が違う気がする。それが海香にとって意外でならなかった。


登校時間になったので学校に向かう。教室に入ると、萌美と朋迦がもう登校していた。早速質問をぶつける。

「ねえ、朋迦君。ユーチューバーってどうやってなるね？」

「どうしたんね？　海香。そんなこと聞いてさあ」

怪訝な顔をする萌美を見て、海香は慌ててごまかす。

「いや、なんでもないんだけど、昨日ヒカリンの話聞いてちょっと気になってさあ」

まさか勇吾がユーチューバーを目指しているとは口が裂けても言えない。

朋迦が気軽に答える。

「パソコンとカメラとネット環境さえあれば誰でもなれるよ。というかスマホ一台あればいい。ＹｏｕＴｕｂｅに動画を投稿したら誰でもユーチューバーなんだから」

「じゃあ誰でもヒカリンになれるってことね？」

「それは話が別だよ。ヒカリンはなんせ頂点にいる人だからね。ヒカリンの影響で、今ユーチューバー人口は拡大している。その競争に勝たないとトップユーチューバーにはなれないよ」

「そんなに難しいの？」

「新規のジャンルは早いもの勝ちという側面もあるからね。後からやるほど難しくなる。先行者利益っていうんだけどね」

「ほんと朋迦君って難しい言葉知ってるさあ」

感心する萌美に、朋迦は淡々と言った。

「今は昔と違って、知識はネットからなんでも入る。知識量という意味では、今の子供は大人と差はないよ。要は知的好奇心があるかないかっていう性質の違いだけだから」

そして眼鏡を持ち上げる。その仕草もさまになっている。子供博士とあだ名されるわけだ。

「じゃっ、じゃあ今からユーチューバーになって、人気ユーチューバーになれる確率はどれぐらい？」

「うーん正確な数字は出せないけど、よくて千人に一人ってところじゃないかな」

「千人に一人……」

そんなに厳しい世界だとは思っていなかった。

「じゃあ仮に、仮にさあ、おじさんがユーチューバーになりたいって言ってやったら、どれぐらいの確率で成功できるね？」

海香の問いに、朋迦が不審そうな顔をする。

「海香ちゃんの周りの誰かがユーチューバーになるの？」

思わずぎくりとする海香を見て、萌美はすぐに察したみたいだ。

「わかった。勇吾おじさんだ。海香ちゃんのパパがやるんね」

二人とも勇吾のことをよく知っている。とてもごまかせそうにない。海香は観念した。

「……うん、そう。昨日ヒカリンの話をしたら、自分もやるって言い出したの」

「やっぱり。勇吾おじさんなら言いそうさあ」

ケタケタ笑いながら萌美が返すと、朋迦が冴えない顔で言った。

「勇吾さんには悪いけど、中年の人がＹｏｕＴｕｂｅに参入して人気を得るのは難しいんじゃないかな」

予想通りの答えだ。

いつも勇吾が父親であることを恥ずかしく思っているが、今その恥ずかしさが爆発しそうなほど膨れ上がった。


授業が終わり、家に帰る途中でいつもの砂浜に寄った。海を眺めていると、

「海香ちゃん、学校終わったの？」

唯に声をかけられた。砂浜に白衣姿は似合わないが、唯だととても馴染んで見える。海と砂浜を癒す女神みたいだ。

「うん、これから帰るところね」

「そう。じゃあ一緒に行こうか」

唯と一緒に歩きながら話す。

「ねえ、唯さん。お父さん、本気でユーチューバーになるみたいさあ」

「そうなんだ。楽しみね」

おかしそうに笑う唯に、海香はむきになって言った。

「笑いごとじゃないね。さっき学校で教えてもらったけど、ユーチューバーで成功する確率って千分の一ぐらいなんだって。しかもお父さんみたいなおじさんだとなおさら難しいんだって」

「ふーん、そうなんだ。ユーチューバーで成功するのってそんなに大変なんだ」

「そうだよ。だから早く止めないと」

「でも無理に止めなくてもいいんじゃない。勇吾さんの好きにさせてあげたら」

「……なんでね？」

きょとんとする海香に唯が微笑んだ。

「人がやりたがってることを他人が止める権利はないと思うけどな。私は」

海香はどきりとした。口調こそ柔らかいが、唯の考え方が込められているような気がしたからだ。

「普通の人はやりたいことがあっても、勇吾さんみたいにすぐにできないからね。なんだかんだ言い訳して、結局やらないことがほとんどなんだから。私も含めてね」

「唯さんは何かやりたいことがあったの？」

「まあ昔いろいろとね」

唯が遠くの方を見る。そこには、エメラルドグリーンの海が広がっている。

「だから勇吾さんみたいな人を見てると、なんだか元気がもらえるの。なんでも挑戦できる人を見てるとね」

「……ことごとく失敗してるけど」

「ほんとね。成功したらもっとよかったかもしれないけどね」

唯がなぐさめるように言った。

「でもＹｏｕＴｕｂｅならお金もかからないし、損はしないから。勇吾さんも、あきたらすぐに止めるわよ」

「まあ、そうか」

損はしないからと聞いて気が楽になる。これ以上家計を食いつぶされる心配はなさそうだ。

そうこうしているうちに家に着いた。

海香と唯で家に入ると、リビングに勇吾たちがいた。勇吾が三脚に取り付けたカメラの前に立ち、緊張した面持ちでいる。なぜか青色の派手なスーツを着ていた。あんなスーツ持っていたのかと海香は目を丸くした。

一休がカメラを操作し、元気と虎太郎がにやにやと眺めている。その側に寄り、小声で尋ねる。

「何やってるんね？　お父さん」

元気が笑みのまま答える。

「やっと自分のチャンネルを立ち上げることができたからね。今から撮影するみたいだよ」

「あの変なスーツは？」

「カメラに映るならちゃんとした衣装じゃないといとって言ってたよ」

嬉しそうに元気が返し、虎太郎が付け足すように言った。

「勇吾は昔東京であの服を着てたんだよ。懐かしいな」

あんな変なのが東京では流行ってたんだろうか？　海香の東京に対する印象がちょっと変わった。

一休が手を上げる。

「勇吾さん、行きますよ」

「おっ、おう」

勇吾が上ずった声で返し、スタート、と一休が言って録画ボタンを押した。

勇吾が大声を張る。

「ハイサイ！　どうもぉ、勇吾TVの勇吾どぅえーす」

妙な手振りと顔をして挨拶する。それを見ていた元気と唯が同時に吹き出しそうになり、慌てて笑いを噛み殺した。

「なんね、あれ？」

唖然《あぜん》として海香が訊くと、元気が笑い声をこぼさないように応じる。

「ユーチューバーは動画のはじめはあんな挨拶をするって知って、さっきから練習してたんだ。

勇吾TVってのはヒカリンTVの真似だろうね」

「ユーチューバーって、あんな酔っ払いのチンパンジーみたいな顔するんね？」

引きつった表情で唯が言った。

「うっ、海香ちゃん、お願いだからそれ以上は言わないで」

唯の頬がぷるぷると震えている。笑いを我慢しているのだ。

人がやりたがっていることを他人が止める権利はない。さっきの唯の言葉に海香ははっとしたのだが、もしかすると、唯はただ単に勇吾がおかしなことをするのを楽しみにしていただけではないのか、という疑惑が湧《わ》いてくる。

続けて虎太郎を見て、海香はぎょっとした。なぜか虎太郎の目には涙が浮かんでいる。あのチンパンジー挨拶のどこに感動する要素があるのだ。

勇吾はそのまま自己紹介を終え、「はい。OKです」と一休が停止ボタンを押した。

興奮した面持ちで勇吾が尋ねる。

「どうだ。立派なユーチューバーだろ」

「ええ、よかったんじゃないですか」

手を叩いて元気が賞賛すると、勇吾が唯の方を見る。

「唯ちゃんはどうだった？　女性の目から見て」

「いいと思います。なんかすっごい人気出そう」

そう唯が即答するも、まだ頬が引きつっている。唯は笑い上戸《じょうご》なのだ。

明らかな嘘だが、「そうだろ、そうだろ」と勇吾が悦に入ったように頷き、早速その動画をYouTubeにアップする作業に入る。

勇吾と一休で奮闘しながら、サイトにアップしている。

「一休君もYouTube勉強したの？」

海香が尋ねると、一休は画面を見ながら言った。

「うん。勇吾さんがやるって言うから」

一休はこのゲストハウスのヘルパーというよりは、勇吾の弟子という感じだ。なんておかしな師弟だろう。

なんだかんだ言いながら、海香もＹｏｕＴｕｂｅには興味があるので、宿題も忘れてその様子を眺めていた。

「よしっ、これをクリックすればアップできる」

勇吾がマウスを動かしクリックした。

「えーっと、再生回数を見る方法は……っと」

本を開いて調べようとする一休を、勇吾が抑えた声で止める。

「一休、再生回数を見るのは一週間後にしよう」

「どうしてですか？」

「まあ後のお楽しみってことだ。とりあえずみんなに宣伝しなきゃな。おい、海香」

「……何？」

「今から勇吾ＴＶの宣伝チラシを作るからよ。そのイラストを描け」

「なんで私がそんなこと」

「つべこべ言うな。勇吾ＴＶでこれから大儲けして、ヒカリンみたいな有名人になるんだからよ」

「でもチラシなんか作っても意味ないさあ」

チラシを印刷するお金がかかるのが嫌だ。

「いいか、海香。一つ教えてやる」

急に勇吾の声が真剣になる。

「なんね?」

「どんなにいい商品でも宣伝しなきゃ意味ねえんだ。つまり、どんなに面白い動画でも宣伝しなきゃ見てもらえねえってことだ。宣伝なき商品はこの世に存在しないも同じだ。おまえも将来絵描きになりたいんなら覚えとけ。ビジネスの秘訣ってやつを」

得意げに勇吾が鼻を鳴らすが、海香の胸には何も響かない。失敗しかしていない人に言われても、なんの説得力もない。

そう思ったのだが、とりあえずチラシを作って、みんなで手分けして配ることになった。

その段取りが決まったところで、仕切りなおすように虎太郎が太い声で言った。

「今日はユーチューバー勇吾の誕生の日だから、盛大にお祝いだな」

そして一同で拍手をすると、後ろから手を叩く音がする。振り向くといつの間にか泊まり客も戻ってきて、わけがわからないながらも手を叩いていた。どうも、どうもと勇吾が誇らしげにその賞賛に応じている。

勇吾が椅子の上に立って言った。

「よしっ、今日は勇吾TV開局祝いだ。パーっといこうぜ」

おおっ、と全員が拳を突き上げた。

その一週間後、海香は西里《にしざと》大通りのコンビニの前にいた。チラシを配りはじめて四日経ち、今日は再生回数を見る日。チラシが少し残っているので全部配ろうと、元気とやって来たのだ。配るのはとても恥ずかしいので帽子を目深にかぶり、極力顔が見えないようにした。

チラシには、海香が描いた勇吾の似顔絵と海の絵に、『超絶オモシロＹｏｕＴｕｂｅチャンネル　勇吾ＴＶはじまる』と書かれている。

適当に描こうと思ったのだが、描いていると真剣になってしまい、結構いい出来の絵になった。そのことがなんだか妙に悔しい。

「海香、何やってるんね？」

知ってる声が鼓膜を震わせたのでどきりとする。声のした方に顔を向けると、萌美と朋迦がいた。

「あがい、なんで二人がここに？」

「明日画用紙が必要だから朋迦君と買いに来たさあ」

島は狭い。人通りの多いところにいれば、必ず知り合いと出くわしてしまう。

「勇吾ＴＶって、勇吾さん、本当にユーチューバーになったんだ」

いつの間にか朋迦がチラシを見ている。海香は小さく頷く。

「……そうさあ」

その時、萌美があっと声を上げた。

「海香ちゃん、こっちは全部配り終わったよ」

元気がこちらにやって来たのだ。

「やあ、萌美ちゃんいたんだ」

「こっ、こんにちは。元気さん」

萌美は元気のファンなので、頬が赤くなっている。元気が朋迦の方を見て言った。

「君も海香ちゃんの友達かな」

朋迦と元気は初対面だ。

「はじめまして。海香ちゃんのクラスメイトの比嘉朋迦と申します。海香ちゃんにはいつもお世話になっています」

礼儀正しく挨拶する朋迦に、元気が一瞬目を丸くした。だがすぐに柔和な顔に戻って応じる。

「柊元気です。海香ちゃんのゲストハウスで働いてます。朋迦君よろしくね」

そう手を差し出すと、「こちらこそよろしくお願いします」と朋迦が握手する。珍しく朋迦が慌てている。

車に乗ってゆいまーるに戻る。せっかくだから三人で遊ぼうと、萌美と朋迦も付いてくることになった。萌美は、ちらちらと運転する元気を眺めている。萌美がそうする理由がわかるが、朋迦も元気を盗み見ている。あまり朋迦らしくない行動だ。

「結構みんなチラシもらってくれたよ。海香ちゃんの絵が良かったんだろうね」

上機嫌で元気がハンドルを握っている。それは絵が良かったのではなく、元気目当てで人が集まったからだろう。

すると朋迦が口を切った。

「でもＹｏｕＴｕｂｅを宣伝するのに、チラシを配る意味があるでしょうか？　チラシはアナログで、ＹｏｕＴｕｂｅはデジタルです。そこに親和性はないし、客層もまるで違う。その費用があるのならば、ネット上で広告を出した方が良かったのではないでしょうか」

いつもの朋迦節だ。

「朋迦君、ＹｏｕＴｕｂｅに詳しいんだね」

この朋迦の言い回しに、普通の大人ならば面食らうのだが、元気は笑顔を崩さない。

「まあ一応」

「確かに朋迦君の言う通り、ＹｏｕＴｕｂｅの宣伝でチラシを撒《ま》いてもまるで意味がないだろうね」

「じゃあどうしてそんな無駄なことを」

目を丸くする朋迦に、元気が諭すように言った。

「意味がないと頭でわかっているけど、実際やってみるのが大事なんだよ。失敗しても、失敗することに意味があるのさ。自分の体で得た失敗ほど役立つものはないよ。やってみないとわからないってよく言うだろ」

「はい」

「口では簡単に言う言葉だけど、本当にやれる人というのは数少ない。だから、失敗してもいいからやるという習慣を身につける必要があるんだよ。それはもちろん朋迦君のような子供には一番言えることさ。失敗できることが、君たち子供の最大の特権なんだ。やっても無駄って言葉は、やってない人がいう言葉さ」

「なるほど、勉強になります」

朋迦が眼鏡を指で持ち上げる。朋迦が人の意見に感銘を受けている姿をはじめて見た。

家に到着して中に入ると、いつもの面々が集まっていた。勇吾、一休、唯、虎太郎だ。勇吾は、あの馬鹿みたいに青いスーツを着ている。

さらに他にも大勢の人がいる。泊まり客や、近所の人たちだ。テラスのテーブルにはご馳走と泡盛の瓶がところ狭しと並べられている。

こちらに気づいたのか、勇吾がせかせかと言った。

「おい、遅いぞ。みんな待ってんだぞ」

どうやら、再生回数を見るための集まりのようだ。

「すみません」

そう元気が謝ると、勇吾が萌美と朋迦の存在に気づいた。

「なんだ。おまえらも来たのか」

萌美と朋迦が挨拶すると、勇吾が嬉々として言った。

「二人ともいいところに来たぞ。今から再生回数がいくらかのお披露目をするからな。一休、元気、チラシはちゃんと撒いたんだろうな」

バッチリですと一休が答え、全部配りましたと元気がにこやかに頷く。

「よしっ、宣伝は完璧だな」

手揉みしながら勇吾がパソコンに向きなおると、元気がさりげなく言った。

「勇吾さん、記念だからこれもビデオに撮っておいた方がいいんじゃないですか」

「おっ、いいな、撮れ撮れ。ユーチューバーってのはなんでもビデオに撮るもんだからな。一休、元気、おまえらもカメラを撮る癖つけろよ」

顔を輝かせながら勇吾が言い、わかりましたと二人が応じる。

元気がカメラを構え、一休がわくわくと言った。

「再生回数どれぐらいですかね」

「さあどんなもんだろうな。元気、ヒカリンって再生回数どれぐらいなんだ」

「二百万回ぐらいですよ」

代わりに朋迦が答えたので、勇吾が目を瞬かせる。

「朋迦、おまえ結構詳しいな」

「今時の小学生ならヒカリンのことは誰でも知ってますよ」

「そうか、そうか。じゃあおまえら、これから伝説の目撃者になれるな。なんせ第二のヒカリンが誕生する瞬間を見られるんだからな」

意気揚々と勇吾が言うと、一休が声を弾ませる。

「一週間経ったんで、再生回数一万はいきましたかね」

勇吾が鼻で笑った。

「馬鹿、ヒカリンで二百万なんだぞ。まあ低く見積もっても十万再生はいってるだろ」

「そんなにですか？」

「ＹｏｕＴｕｂｅは若い奴らもたくさん見るからな。若い連中は大人と違って、本物を見抜く目を持ってる。あれだけ宣伝もしたんだし、十万は軽いだろ」

「さすがですね。勇吾さん」

感心する一休に、勇吾が肩をすくめる。

「でもそれでもヒカリンの十分の一以下だからな……でもここからだ。ここからスタートしてヒカリンに追いつけばいい。あいつの背中はもう見えてるんだ」

「ですね」

勇吾と一休が意欲に燃えている。正直海香には、再生回数が十万もいくとは到底思えない。一休の言う通り、一万もいけば上出来だろう。

勇吾がパソコンのモニターを凝視した。腕まくりをして、マウスを手にした。

「行くぞ」

そう生唾を呑み込むと、YouTubeのサイトを立ち上げる。

その瞬間、勇吾の表情が一変した。顎が消えたかと思うほど、大口を開けて画面に見入っている。そしてその巨大な穴から、消え入りそうな声が漏れてきた。

「……ご」

思わず海香も画面を見る。確かにタイトルの下に、再生回数『5』と書かれている。

「そんなわけねえ！　何かの間違いだ。故障だ」

勇吾が叫んだ。一休も確認するが、もちろん数字は変わらない。

「……勇吾さん、確かに再生回数5みたいですね」

海香が全員の顔を見る。

誰もが必死で笑いを嚙み殺していた。唯にいたっては、頰が小刻みに痙攣《けいれん》している。手元を見ると、手のひらに爪を立てていた。吹き出すのを堪えている。

その姿を見ていると、海香もなんだかおかしくなってきた。伝説の目撃者になれる、十万再生は軽いだなどと散々大口を叩いておいて、結果は五回なのだ。

勇吾は呆然《ぼうぜん》と画面を見つめている。その顔も面白い。まるでメスに振られたチンパンジーみたいだ。

だが勇吾の手前、みんな笑いを我慢している。海香も拳で太ももを叩き、どうにか堪えていた。

そんな中、ついに萌美が大笑いした。

「再生回数5って、おじさん、どんだけ人気ないんさあ」

もう耐えられない……海香は声を上げて笑いを爆発させた。それは海香だけでなく、全員同時に大笑いをする。

ひいひいとみんなが笑い転げている。虎太郎は机を叩き、元気も破顔している。泊まり客や近所の人たちも腹を抱えて笑っている。

あまりにおかしかったのか、唯は笑い泣きしている。でもその笑い顔も可愛い。美人は何をやっても絵になる。

すると勇吾がむきになって叫んだ。

「うるせえ！　みんな何笑ってやがるんだ。そんなにおかしいか」

萌美が笑いながら言う。

「だっておじさん、伝説の目撃者になるとか、十万回は軽いとか言っといて、五回しか見られてないさあ。そりゃおかしいいね」

さらに全員の笑いが倍加する。海香も、おかしくておかしくてどうにかなりそうだ。

「だいたいなんだ。なんで5なんだ。ここにいる人数より少ないじゃねえか。元気、おまえら動画見てねえのか」

カメラで撮影しながら元気が応じる。

「見てませんよ」

勇吾が一人一人確認するが、他の人間も誰も見ていなかった。もちろん海香もだ。

勇吾が投げやりに言った。

「ふざけんなよ。なんだ。5って……やめだ。やめだ。ユーチューバーなんかやってられるか」

ふてくされてそっぽを向く。みんなようやく落ちついたが、まだその余韻である涙が目に浮かんでいる。すると朋迦がパソコンを覗き込んだ。

「勇吾さん、動画見させてもらっていいですか」

「おっ、おう。いいぞ」

戸惑う勇吾をよそに、朋迦が再生ボタンを押す。この前の自己紹介の動画が流れ、それがすぐに終わる。

勇吾の方を朋迦が見て、眼鏡を中指で持ち上げた。

「結論から申し上げますと、この動画はまったくダメです。サムネイルもないし、一体なんの動画かさっぱりわかりません」

「サムネイルってなんだ？」

「本で例えると表紙や帯にあたるものです。まずここで動画を見たいと思ってもらわなければ、見てもらえるわけがありません。現代人はみんな忙しいんです。それは子供も含まれます。サムネイルがないなんて論外です」

ずばずば指摘する朋迦に勇吾がたじろぐ。

「それにこの動画、編集をまったくしてませんね」

「編集？　そんなテレビみたいなことしいるのか？」

「当然です。編集のない動画なんて今時誰も見てくれません。トップユーチューバーになるとコンマ一秒にこだわって編集をします。トークのわずかな間も削除して、スピード感を出したりしてるんですよ。テロップや効果音のつけ方にも、全員こだわっています。彼らの編集技術は、テレビや映画の編集マンに勝るとも劣りません。

企画、撮影、演出、編集、そのすべてを高いレベルでやらなければトップユーチューバーにはなれません。しかも彼らは、それをほぼ毎日アップしています。並大抵の努力ではありません。

ただの中年男性の自己紹介動画が、十万再生もいくわけないじゃないですか。五という再生回数は勇吾さんの見込みの甘さと、ＹｏｕＴｕｂｅを子供だましだと舐めてかかった現実があらわれたものです」

こてんぱんにされて、勇吾はぐうの音も出ない。小学生に説教される父親を見て、海香は心底情けなくなった。

助けを求めるように、勇吾が元気を見る。

「……元気、朋迦の言ったことは本当か？」

「ええ、朋迦君の言う通りですよ。ユーチューバーは、そんな甘い世界じゃありませんよ」

にこりと頷く元気を見て、海香は首をひねった。この前から勇吾は、元気にＹｏｕＴｕｂｅのことをよく尋ねる。どうしてだろうか？

沈んだ空気をかき消すように、虎太郎が手を叩いた。

「まあ勇吾もはじめてなんだからこれから頑張ればいいよ。さあさあ、みんなご飯を食べよう。とびきりおいしい果物と肉を持ってきたからさ」

その意図を汲《く》んだように、わっと全員が歓声を上げた。だが勇吾だけは浮かない顔で、じっとパソコンの画面に見入っていた。


夜になったので、外でみんなでバーベキューをする。

近所の人たちが差し入れを持ってきたので大盛り上がりだ。オリオンビールの缶と泡盛の瓶が次々と空いていく。

「勇吾おじさん、来なさんね」

串に刺さった肉を頬張りながら萌美が言った。萌美と朋迦も親に許可をもらって、宴会に参加できることになった。

「いつもこうさあ」

気にすることなく海香が答える。何か商売で失敗すると、勇吾は落ち込んで部屋に閉じこもる。だが次の日にはけろりとして、また妙なアイデアをひねり出すのだ。

海香は思い出したように言った。

「それにしても、ユーチューバーになるのって難しいんだね。私、知らなかったさあ」

さっきの勇吾への朋迦の説教だ。勇吾ほどではないが、海香もそんなに厳しい世界だとは思っていなかった。

朋迦が皿に箸を置いて言った。

「そうだろうね。ユーチューバーは、ただ遊んで稼いでいるようにしか見えないからね。でもそんな楽な商売はどこにもないよ。みんな見えない部分で必死にもがいている。寝る間を惜しんで面白い動画を作ってるんだ」

大人びているとは思っていたが、まるで大学の先生と話しているみたいだ。

別の串に手を伸ばしながら萌美が尋ねる。

「おじさん、次は何やるんね」

「この前はアリクイ飼ってみんなに見せるって言ってたね」

「あがい、アリクイ見てみたいさあ」

くすくすと笑う萌美を見て、海香は肩を落とした。ユーチューバーをあきらめてくれるのは嬉しいが、次は何を仕出かすかわからない。爆弾と一緒に暮らしているようなものだ。

朋迦がひそひそと言った。

「ねえ海香ちゃん。元気さんって何者なの?」

その目線の先には、女性に囲まれた元気がいる。

「えっ、元気君?　うちのヘルパーさんさあ」

「そうじゃなくて。その前は何やってたってこと」

「前?　うーん、なんだろ。聞いたことないね」

ゲストハウスにはいろんな人が訪れる。中にはあれこれ詮索されたくない人もいるので、海香はゆいまーるにどういう人が来ているのか、気にしないようにしていた。勇吾からもそう言われていた。

萌美が黄色い声を上げる。

「だからよー、朋迦君も元気さん気になるんだよね。かっこいいさあ」

「かっこいいから気になるんじゃなくて、どっかで見たことがある気がするんだ」

元気を見つめながら、朋迦が何やら考え込んでいる。

「どっかって、どこね？」

そう海香が問いかけると、朋迦があきらめたように首を横に振る。

「ダメだ。思い出せない。悔しいなあ」

海香は元気の方を見た。確かに元気ほど不思議な人間はいない。朋迦がそんなことを言うので、海香もだんだん気になってきた。

## 4

「おはよう」

翌朝、リビングに行くと海香は目を疑った。

勇吾が起きて、また勉強しているのだ。パソコンの隣には、この前よりも本が山積みにされている。『ＹｏｕＴｕｂｅ完全マニュアル』『あなたにもなれるユーチューバー』『ＹｏｕＴｕｂｅ

動画編集養成講座』と書かれている。

それをコーヒーを呑みながら、元気が目を細めて見つめている。キッチンでは虎太郎が果物を切っていた。

「どうしたんね、お父さん」

勇吾は答えず、元気が答える。

「昨日朋迦君に怒られたのが堪えたみたいで、真剣にＹｏｕＴｕｂｅを勉強するそうだよ。下里《しもざと》大通りに動画編集を教えてくれるカルチャースクールがあるから、そこに通うんだってさ」

下里大通りは宮古島の繁華街だ。

まだあきらめてないのか、と海香は驚いた。いつもならばとっくに匙《さじ》を投げている。

声を強めて呼びかけた。

「ねえ、お父さん」

「なんだ。今忙しいんだ。話しかけるな」

画面を見つめたまま、勇吾がうるさそうに返す。

「まだＹｏｕＴｕｂｅやるね？」

「当たり前だ。再生回数５で終われるかよ。これで止《や》めたらとんだ大恥だ。あの大笑いしやがった連中全員を見返してやらねえとな」

ふうんと海香は引き下がったが、まだ腑に落ちない。

するとと勇吾がはっとして周りを見渡した。

「海香、虎太郎、元気の三人だな。海香、アイスとってくれ」

「今食べるね？」

「ちょうど四人だからな。偶数の時に食べてえんだよ。ほら持ってこい」

一休はまだ寝ているようだ。

海香はしぶしぶ冷凍庫から、アイスを二つ取り出す。袋入りのアイスだ。それを勇吾に手渡すと、

「じゃあ俺と海香で半分、元気と虎太郎で半分だ」

勇吾がそう言って袋を破った。アイスには棒が二本刺さっていて、まん中で割れる。

勇吾はこの二本棒のアイスが大好きで、冷凍庫に何個も入れて保存している。最近ではあまり売っていないので、近所の雑貨店のおじさんが特別に仕入れてくれているのだ。

海香が反射的に断る。

「私、お父さんとは嫌だ。元気君とにする」

「何が嫌なんだよ。しゃあねえ、じゃあ虎太郎、分けるぞ」

勇吾が虎太郎を見ると、虎太郎が首を横に振る。

「僕も元気君と分けるのがいいな。ごめんだけど海香ちゃん、元気君譲ってね」

虎太郎らしくない発言に海香が驚く。勇吾と元気も同じ気持ちなのか、意外そうな顔をしている。

仕方なく、勇吾と海香、元気と虎太郎でアイスを分け合う。もう時間がないので、アイスを口にくわえながらランドセルを背負う。

「海香ちゃん、僕もコンビニ行くから一緒に行こう」と元気がアイス片手に玄関に向かう。

二人でアイスを食べながら砂浜を歩く。今日もよく晴れていて、エメラルドグリーンの海がきらめいている。今日は帰ったら砂浜に直行して絵を描こう、と海香は胸を弾ませてアイスを食べ終えた。

「最高だね。このアイスを食べながら眺める海は」

元気が海を見つめていた。心底嬉しそうな顔をしている。

「元気君、好きだね、それ」

「うん、まあね。このアイスのおかげで宮古島に来たようなもんだから」

「えっ、どういうことね？」

そう尋ねると、「海香ちゃん、おはよう」とクラスメイトが声をかけてきた。

じゃあね、と元気が手を振り、コンビニの方に向かっていった。

＊

満足そうにアイスを食べ終え、虎太郎が棒を片手に言った。

「やっぱりうまいね、このアイス」

同じく勇吾もアイスを頬張っている。そして不審に思ったことを訊いた。

「おい、さっきのなんだ。元気にアイス分けてもらってよ」

「うん、なんかさ。このアイス見たら正樹さんのことを思い出してさ。この味が僕にとって東京の青春そのものだからね。それで元気君と分けっこしたくなったんだ」

遠い目をする虎太郎を見て、勇吾は正樹の姿を頭に浮かべた。東京で過ごしたあの若き日が鮮明に甦ってくる。

「正樹さんと元気がなんか関係あるのかよ」

「元気君って、正樹さんと似てるだろ」

「そうか？　そんな似てねえだろ」

首をひねる勇吾に、虎太郎が笑って否定する。

「似てるよ。正樹さんが眼鏡をとったら元気くんと瓜二つだ。たまに元気君と喋っていてはっとすることがあるよ。勇吾も、だから元気君を東京からここに連れてきたんだろ」

言葉に詰まる。確かに虎太郎の言う通り、元気と接していると、時々正樹と重なることがある。

そして食べ終えたアイスの棒をじっと眺めた。

十二年前　東京

勇吾はちゃぶ台にネタ帳を広げ、新ネタ作りに勤《いそ》しんでいた。

そしてその横にはもう一冊ノートがある。他の芸人のネタを分析したノートだ。正樹のノートを見てから、勇吾も他の芸人のネタの分析をするようになった。自分は正樹に比べると圧倒的に努力の量が足りない。そう痛感させられたからだ。

「それにしても暑《あ》っちいな」

手を団扇代わりに扇ぐが、生ぬるい風が顔にまとわりつくだけだ。宮古島の暑さとは違い、都会の暑さはとにかく気持ち悪い。こればかりはまだ慣れることができない。

部屋を見回してため息をつく。見回すというか、首を動かすことなく一目で把握できるほど狭い。湿った布団と、汗の匂いのする洗濯物の山で囲まれている。さらにネタで使う小道具もあるので、足の踏み場もないほどだ。

エアコンも風呂もない。風呂は近くに住む虎太郎の家で借りる。早く売れてこんな安アパートから脱出したい。それが今の勇吾の夢となっている。

「勇吾、頑張ってる?」

虎太郎と正樹が入ってきた。二人には部屋の鍵を渡しているので自由に出入りできる。

早速正樹が壁を見つめているので、虎太郎が尋ねる。

「本当にその写真好きですね。正樹さん」

「うん。この写真見ていると心が和《なご》むよ」

ほっとした面持ちで正樹が頷く。

その目線の先には、宮古島の海の写真があった。エメラルドグリーンの海と白い砂浜が目に鮮やかだ。

虎太郎が勝手に貼ったのだ。正樹はこの写真が大のお気に入りで、ここに来るといつも見入っている。

「宮古島の海は世界一ですからね」

誇らしげに虎太郎が言い、正樹が同意する。

「ほんとそうだね。こんな綺麗な海が近くにあるんだから、勇吾君と虎太郎君は最高の場所で育ったんだね。羨ましいよ」

その感覚は勇吾にはいまいちわからない。子供の頃から見ている海なので、それが羨ましがられるものとは思えない。

「ここって宮古島のどこなの？」

そう正樹が写真を凝視すると、虎太郎が答えた。

「そこは勇吾のお母さんが経営している民宿から見える海なんですよ」

「へえ、勇吾君の実家って民宿なんだ」

感心する正樹に勇吾が否定する。

「いや、実家は別にあるんですけどね。うちの父親がみんなで集まれる民宿を作りたいって、道楽ではじめたんですよ。父親はもう亡くなっちまったんですけどね、それを今は母親が跡を継いでやってるだけですよ」

「なるほど。じゃあゆくゆくは勇吾君がその民宿を継ぐってわけか」

「継ぐわけないじゃないですか。あんなボロ小屋。俺は東京で芸人として成功するんですから」

「そうか、そうか。ごめん、ごめん」

笑って正樹が謝ると、虎太郎が手を叩いた。

「正樹さんも宮古島に行きましょうよ。次に帰郷する時にでも。一緒に勇吾の民宿に泊まってこの海を眺めましょうよ」

「お金と暇があったらぜひ行きたいね。今はどっちもないから」

自虐めいて正樹が言うが、そこに悲愴感はない。そんな正樹を見ていると、自分も頑張ろうという気になる。

「で、正樹さん、大事な用ってなんですか？」

改まった声で勇吾は本題に入る。

正樹が、勇吾と虎太郎に大事な用があると言ってきたのだ。正樹がそんなことを言い出すのははじめてなので、勇吾は少しだけ緊張していた。

「その前にまずはこれ食べようよ」

正樹が見慣れない四角い鞄を取り出した。中を開けると、アイスの袋が二つと保冷剤が入っている。

正樹がアイスの封を開けた。棒が二本付いている。今時珍しい形のアイスだ。それを割って、片方を勇吾に渡す。同じくもう一つの封を開け、割ったアイスを虎太郎に手渡した。

「二本は贅沢だね」

両手にアイスを持ちながら正樹が笑う。

「二本棒のアイスって最近珍しいですね」

虎太郎も笑顔でアイスを見つめる。

「うん、僕はこれが好きでさ。こうして分けっこして食べるのが好きなんだよ。まずはこれを食べよう」

三人でアイスを食べる。ソーダ味が懐かしい。子供の頃に食べた味が舌の上で甦《よみがえ》る。

勇吾と虎太郎がまずアイスを食べ終え、最後に正樹が完食する。正樹だけ二本分なので時間がかかった。

「さあ、続けてこれだ」

もう一つの鞄から、正樹がクリアファイルを取り出した。中に一枚書類が入っている。ちゃぶ台に置かれたその書類を見て、勇吾は驚いた。

それは婚姻届だった。

夫になる人の欄に『小宮山正樹』、そして妻になる人の欄に『望月冴子《もちづきさえこ》』と書かれ、両方の判子が押されていた。

「正樹さん、冴子さんと結婚するんですか」

望月冴子は、正樹が同棲している彼女だ。勇吾も虎太郎も何度か会ったことがある。冴子は物静かで大人しい女性だ。

「うん、とうとうね」

おめでとうございますと虎太郎が言うが、勇吾はそれより疑問の方が口から出た。

「またどうして結婚するんですか」

「いや、確かにまだ僕はプロの漫画家になってないから、結婚はそれからだと思ってたんだけどね」

そう、以前正樹はそんなことを言っていたのだ。

「でもさすがに待たせすぎかと思ってさ。別に結婚してからプロになってもいいじゃないかって考えなおして、決意したんだ」

そうだ。


「冴子さん喜んだでしょうね」

しみじみと虎太郎が言うと、正樹が微笑みで返した。

「うん。泣いて喜んでくれたよ。口では言ってなかったけどね、早く家庭を持ちたかったんだ」

勇吾も虎太郎も冴子の過去を知っている。冴子は幼い頃親に捨てられ、児童養護施設で育った
そうだ。

そして正樹も似たような境遇だった。正樹は生まれてすぐに両親が離婚した。正樹の母親はろくでもない女性だったらしく、出会ったばかりの男と一緒にどこかに消えた。幼い正樹を一人残して……そして正樹は遠い親戚の家に引き取られ、そこで高校まで暮らしたとのことだ。

けれどその二人の過去が、お互いを引き付けることになった。正樹と冴子は恋に落ちた。

正樹が居住まいを正した。

「それでさ、二人には僕たちの結婚の証人になって欲しいんだ」

「おっ、俺たちがですか？」

思いがけないことに勇吾は自分を指差す。虎太郎も目を白黒させていた。

「うん。二人は僕の親友だからね」

満面の笑みで正樹が頷く。

「だからアイスを二つに割って、勇吾君と虎太郎君で食べたかったんだ。これが僕の友情の証なんだよ」

袋の上に載せたアイスの棒を思わず見る。まさかそんなに深い意味があるとは思ってもいなかった。

案の定、虎太郎の目に涙が浮かんでいる。正樹の気持ちが心底嬉しかったのだ。その涙をぬぐい、慌てて言った。

「もっ、もちろん。喜んで書かせてもらいます。なっ、勇吾」

「ええ、正樹さんのためですから」

二人で署名をすると、正樹が屈託のない笑みを浮かべた。

「本当にありがとう。二人のためにも素敵な家庭にするよ」

勇吾は嬉しかった。正樹という人に出会えたことは、一生の宝になる。虎太郎もそう思っているに違いない。

「さあ、次は勇吾君の番だね」

そう正樹が言ったので、勇吾ははっとした。

「そっ、そうだ。いよいよ明後日だ」

忘れていた。片思いしている早苗が店に来てくれるのだ。

「おい、虎太郎、マンゴーはバッチリだな」

「うん。勇吾が好きな女性にマンゴーを食べさせてあげたいって親父に話したら、『勇ちゃんのためだ。どんな女でも落とせるような最高級のマンゴーを送ってやるさあ』だってさ」

「よしっ、さすが親父さんだな」勇吾は太い声で褒《ほ》める。「明後日は俺の大事な日になるかもな。もしかしたら婚姻届の証人を、正樹さんと虎太郎に頼むことになりそうだな」

婚姻届を見たので、急に現実感が湧いてきた。

「……まああんまり期待しない方がいいんじゃない」

やんわりと虎太郎がたしなめたが、正樹はそれと反対のことを言う。

「でも理想のイメージを詳細にするのはいいことだよ。夢がより近づいてくるって何かの本に書いてあった」

「いいですね。まあ早苗ちゃんと結婚する頃には、お笑いコンテストに優勝して、レギュラー番組も何本か持ってるかな。家は二十三区内で一軒家だな。まあ一億円ってとこか」

「東京じゃ一億円の家でも狭いよ。宮古島なら大豪邸建てられるのにね」

貧乏くさいことを言う虎太郎に、勇吾は興ざめする。

「うるせえよ。夢の話してんだから、しょうもないサラリーマンみたいなこと言うな。じゃあ五億円だ。五億円。ゴールデン番組でMCやって、世田谷《せたがや》に大豪邸を建ててやる」

「そこに早苗ちゃんと住むってことだね」

正樹がイメージを膨らましてくれた。そうですと勇吾は声を強める。

「子供もいるなあ。まあ最初は女の子だな」

「なんで？」

首を傾げる虎太郎に、勇吾は得意げに言う。

「女の子は育てやすいって言うじゃねえか。名前は、そうだなあ……」

ふと宮古島の海の写真が目に入る。その瞬間、頭の中であの海が回想できた。波で少しずつ変化する海の色、目の細かい砂浜を踏んだ感触、そして潮の香り……まるでタイムスリップして、子供の頃に戻ったようにすべての感覚が再現できた。

そしてふとある名前が脳裏をかすめる。勇吾はそれを逃さず、口からすかさず放った。

「海香だな。海に香るって書いて海香だ」

するとと虎太郎が大げさに賞賛した。

「それ、いい。すっごくいい名前。ねえ、正樹さん」

「うっ、うん。いいと思うよ。勇吾君。素晴らしい名前だと思うよ」

驚いたように正樹が目を瞬かせて何度も頷く。

「そうか、そんなによかったか」

二人が大絶賛したので、勇吾は満ち足りた気持ちになった。そして、本当に子供ができたみたいな気分になった。

正樹が膝を打って言った。

「そうだ。今の話を早苗さんに伝えたら？　夢を語る男はモテるそうだよ」

「いいっすね！　金もない貧乏芸人が女口説くなら、夢しかないですもんね。そうします」

「いやあ、どうかなあ」

苦い顔の虎太郎を見て、勇吾は口を尖らす。

「なんだ。虎太郎、なんか文句あるのか」

「いや、毎回勇吾はフラれてばかりだから今回は頑張って欲しいんだけど……」

「馬鹿。だから夢なんだよ。今までは夢が足りなかったんだ。俺は正樹さんのおかげで素晴らしい武器を手に入れた。夢作戦で早苗ちゃんをゲットするんだよ」

勇吾は言って、拳を握りしめた。

5

海香がリビングに向かうと、勇吾の声が鳴り響いてきた。カメラの前でゴーヤを手に持ち、身振りを手振りをまじえて熱弁している。

「ハイサイ！　どうも勇吾TVの勇吾です。今回はこのゴーヤ。ゴーヤの魅力を君たちにお伝えしたい。まずはゴーヤを見るのはイボ。イボが大きいほどゴーヤは苦味が薄い。あとゴーヤは食べるだけじゃない。ほら、こちら」

ゴーヤに二本の割り箸を刺して、その両端にタイヤをつけた。

「車になっちゃう。スーパーゴーヤカー。どう？　これ超かっこよくない」

その様子を一休、元気、虎太郎が見つめている。勇吾がＹｏｕＴｕｂｅをはじめてから、虎太郎は前以上に家に来るようになっている。仕事の時間以外は、入り浸りだ。

あくび混じりに海香は問いかける。

「今日は何やってるんね？」

「もっと沖縄色を出そうって、ゴーヤを紹介する動画作るんだってさ」

含み笑いで元気が教えてくれる。

「……そんなもん誰が見るね？」

「さあ、朋迦君にアドバイスされたみたいだよ。もっと特色を出した方がいいって」

「特色ねえ……」

勇吾がユーチューバーになってから三ヶ月が経過した。

あれから勇吾の生活はＹｏｕＴｕｂｅ一色だ。午前に企画を考えたり撮影をしたりして、午後からはずっと編集作業をしている。毎夜毎夜行なっていた泊まり客との宴会も、少し参加するだけだ。

毎日動画をアップしなければ、とても人気ユーチューバーにはなれない。ましてやヒカリンに肩を並べるなんて到底できるわけがない。朋迦にそう言われたので、毎日動画をアップしている。その努力のかいもあって、勇吾の編集技術はずいぶん向上した。海香はスマホを持っていないので、一休のパソコンで見ていた。

勇吾の動画は、他のユーチューバーと比べても遜色はないように見える。再生回数は少しだけ伸び、今は千を超えるぐらいにはなっている。

けれどそこで足踏み状態となっている。人気ユーチューバーの動画を見て研究したり、いろんな企画を試しているのだが、一万の壁を超えることはできない。

勇吾がユーチューバーになったので、海香もＹｏｕＴｕｂｅについていろいろ知るようになった。ＹｏｕＴｕｂｅでお金を稼ぐようになるには、ある条件をクリアしないとダメだそうだ。勇吾はそのスタート地点にも立ててない状態なのだ。

「ゴーヤカーで再生数稼げるとは思えないけど」

海香の疑問を、元気がやんわり否定する。

「でも特色を出すというのは大切だよ。ＹｏｕＴｕｂｅの良い点は、失敗がたくさんできるということだからね。失敗を恐れて何もしないことの方がダメなんだよ。まあそれは現実もそうかもしれないけど」

へえと言いながら海香は首をひねった。やっぱり元気は妙にＹｏｕＴｕｂｅに詳しい。

「それにしてもさあ、飽きっぽいお父さんがよく続いてるね」

それを聞いていた虎太郎が口を挟んだ。

「勇吾は飽きっぽくなんかないよ」

「だって何やっても全然長続きしないさあ」

「それは、本当にやりたいことに出会ってなかっただけさ。あいつが本気になった時は、いつもこんな感じで全力投球だよ」

「ふうん」

本当にそうなのかなあと思いながら、虎太郎の方をちらりと見る。虎太郎は笑って勇吾を見つめている。

そう、勇吾がユーチューバーになってから虎太郎の様子もおかしい。これまで勇吾がやることに、ここまで肩入れすることはなかった。

「じゃあＹｏｕＴｕｂｅは、お父さんが本気になれるものってことね」

「そうだろうね」

そう言って、虎太郎は満面の笑みを浮かべた。

ランドセルを背負って登校する。日差しが厳しいので帽子を深くかぶる。宮古島の子供は紫外線対策はばっちりだ。

もうすぐ夏休みなので、ずいぶん暑くなってきた。海では観光客が騒いでいる。シュノーケリングにスキューバーダイビングと宮古島の夏は楽しいことだらけだ。これから人がますます増えていくだろう。ゆいまーるも一番儲かる時期なのに、勇吾はＹｏｕＴｕｂｅに夢中だ。まあ、元気と一休がいるから心配はないだろうけど。

教室に入ると、知念たちクラスの男子がお喋りをしていた。海香を見ると、知念がにやにやして言った。

「見たさあ。勇吾ＴＶ」

ぎくりとした。海香は、クラスの男子にバレるのを恐れていた。

「おまえの父ちゃん、ヒカリンになれると思ってんのか」

「知らない。ほっといて」

「ハイサイ！　勇吾ＴＶの勇吾です！」

そう言って、知念が勇吾と同じポーズをとる。それと同時に周りの男子が爆笑する。海香はむかっとしたが、悔しいことにそっくりだ。知念はモノマネが上手で、最近ヒカリンのモノマネで学校中の人気者になっている。

「ああ、かさましね」

海香は苛々して席に座ると、ちょうど萌美と朋迦がきた。

「どうしたんね、海香」

萌美がランドセルを置き、海香は知念のことを伝える。

「あいつ、ヒカリンのモノマネで調子に乗ってるさあ」

萌美が眉間にしわを寄せる。萌美は知念が大嫌いだ。

「でも知念君が勇吾さんのモノマネをするのはいい兆候だよ」

冷静に言う朋迦に、海香が疑問を投げる。

「どうしてね？」

「だって、モノマネできるぐらい勇吾TVを見てるってことだから。少なからずファンはついてきたんじゃないかな」

なるほど。そういう考え方もできるのか。朋迦と話していると、自分が幼稚園児になった気分になる。

意外そうに萌美が言う。

「じゃあ、おじさんがヒカリンになれるかもしれないってことね？」

「それとこれとは話が違うよ。勇吾さんはまだ広告収入を得られるレベルに達してないんだからね。知念君も、勇吾さんが海香ちゃんのお父さんだから見てるってだけだろうし」

ばっさり切り捨てる朋迦に、海香は尋ねる。

「……じゃあどうしたら再生回数が伸びて、ＹｏｕＴｕｂｅでお金が稼げるようになるね？」

腕を組みながら朋迦が答えた。

「何かバズればもしかしたら……」

「バズるって、なんね？」

「一気に拡散するっていう意味のネット用語だよ。例えばヒカリンがブレイクしたきっかけは、ゲームのマリオのBGMをボイスパーカッションでやったことなんだ。それが爆発的に見られて、ヒカリンはスターの階段を登ることができたんだ」

「見た、見た。あれ凄かったさあ」

萌美が甲高い声を上げる。どうやら有名な動画みたいだ。

「あれでヒカリンが認知されたからね。勇吾さんもそういうバズる動画が一本でもできればあるいは……」

「バズる動画かあ……」

どういうものか、イメージがまったく湧かない。

「それってどうやって作ればいいね？」

「それがわかってたら、ユーチューバーは誰も苦労はしないよ」

朋迦が肩をすくめる。

「とにかく勇吾さんだけしかできないこと、勇吾さんならではの特色を出すしかないと思うんだけどね」

「ああ、それで特色って言ったんね。朋迦君がそう言ってたって聞いて、お父さん、ゴーヤの動画作ってたさあ。沖縄色を出すって」

合点する海香に、朋迦が頭を掻いた。

「……そういうことじゃないんだけどなあ」

「元気君も同じこと言ってたな」

元気という響きに、朋迦が目を大きくする。

「そういえば、元気さんって宮古島に来る前に何してたかわかった？」

「うーん、わからない」

過去の詮索はするな、と勇吾から言われているので直接訊けない。

「でも前は東京にいたみたいだよ」

そう海香が付け足すと、萌美がうんうんと頷いた。

「東京の人って感じするさあ。そういや朋迦君、元気さんをどこかで見た覚えがあるって言ってたけど、思い出したんね？」

悔しそうに朋迦が声を漏らす。

「……それが思い出せないんだ。なんかネットで見た記憶があるんだけど」

二人のその会話を聞いて、海香が思わず言った。

「元気君って、ＹｏｕＴｕｂｅすごく詳しい気がするんだけど」

そのあいまいな言い回しに萌美が首を傾げる。

「気がするってどういうこと？　詳しい、じゃなくて？」

「なんかいろいろ知ってそうなんだけどね、別に何か教えてくれるわけじゃないし、お父さんのＹｏｕＴｕｂｅもたまに撮影手伝うぐらいだからさあ」

勇吾の動画に手を貸しているのは一休だけだ。

「でも元気さん、そういう謎めいたところもあるのがいいさあ」

萌美が色めく。元気の情報は、萌美の耳を通すとすべて好意へと変換されてしまう。

そうこうしているうちに、一時限目の国語の授業がはじまった。

教壇に立った先生が、大きな声で言った。

「さあ、今日はみんなで詩を書きましょう」

——詩。海香が一番苦手な授業だ。どう書いていいのか、さっぱりわからないのだ。

みんなが一斉に書きはじめるが、海香の手は止まったままだ。白紙のノートを見ているだけで、なんの言葉も浮かんでこない。

それを見た先生が声をかけてきた。

「海香ちゃん、どうしたの？」

「何を書いたらいいか、わからないさあ」

「詩っていっても難しく考えなくていいのよ。心に思いつくものを素直に言葉にすればいいだけなんだからね」

「……それが何も思いつかないんです」

先生は一瞬困った顔になったが、すぐに思いついたように言った。

「海香ちゃん、絵を描く時はどう？　何か考えながら描く？」

海香が絵が上手いことはみんな知っている。

「ううん、描きません」

先生が満足そうに頷く。

「詩もそれと同じよ。絵を描くように言葉を書いてみたらどうかしら」

「そうか……絵と同じね」

その瞬間、何か胸のつかえが取れた気がした。

学校が終わり、萌美と一緒に歩く。萌美がほくほくと切り出した。

「海香、詩書けてたね」

「……うん」

先生の言葉がきっかけで、どうにか詩を書くことはできた。いつも描いている宮古島の海のことを思い浮かべると、ふとそれが母親の早苗の姿と重なった。私が毎日絵が描きたくなるのは、亡くなったお母さんを想ってなのかもしれない。そんな気持ちを言葉に綴ったのだ。

「どうしたんね。元気ないね」

不思議そうに覗き込んでくる萌美に、海香は首を振る。

「ううん。なんでもない」

詩は書けたのだが、なんであんなこと書いたんだろう……そう後悔していたところだった。授業が終わって読みなおしてみたのだが、恥ずかしくて仕方ない。これが詩の恐ろしさだろうか……。

「明日、詩の発表会があるってさ」

「ほんとに!?　ほんとに!?」

「うっ、うん。でも海香はもう書けたからいいさあ。私は結局、書き終えられなかったからね」

そう言って萌美がうなだれるが、海香はそれどころではない。早く家に帰って書きなおさなければ……その焦りで頭の中がいっぱいになった。

家に戻ると、勇吾たちがリビングに集まっていた。勇吾が腕組みをして、険しい顔で言った。

「再生回数伸びねえなあ……ゴーヤって人気ねえのかな」

どうやら朝撮った動画をもうアップしたらしい。

「ゴーヤって苦いですからね」

見当外れのことを一休が言っている。だが今はそんなことどうでもいい。ランドセルから一枚の紙を取り出す。

「お父さん、明日プールあるからサインしといて」

プールの授業だけは、元気ではなく勇吾にサインをもらわなければならない。

「わかった。やっといてやるよ」

うるさそうに勇吾が言い、また何やら相談をはじめた。

部屋から絵の道具を取り出すと、海香は家を出た。新しく詩を書きなおそうにも、何を書けばいいかわからない。一度海の絵を描いて、心を落ちつかせる必要がある。

いつもの砂浜に座り込み、いつものように絵を描き進める。奇妙なことに今日は筆の進みがいい。思い通りの色が、思い通りに出せる。

お母さんを思い浮かべて描けているからだ。詩にすればその気持ちが透けて見えるが、絵ならばそれを隠せる。海香が絵が好きなのは、そういう理由からなのかもしれない。

満足な絵が描けたので、少し落ちつけた。先生には悪いが、これならば詩も適当に書けそうだ。そうだ。勇吾の真似でいいからゴーヤのことでも書こう。

「海香ちゃん、今日は一段といい絵が描けたわね」

いつの間にか唯がいた。相変わらず綺麗で、いい匂いがしている。お母さんの早苗は唯みたいな人だったんだろうか。そうだったらいいなと海香はいつも思う。

「うん。今日はいい感じで描けた」

「お父さんは何してるの？」

うんざりと海香が息を吐く。

「どうせYouTubeのことじゃないね」

「みんな楽しみにしてるもんね」

「……唯さん、本当にそう思ってる？　あれが面白いの？」

「おっ、思ってるわよ。ちゃんと全部見てるわ」

たじたじと唯が返す。海香は食い下がった。

「ほんとに？」

あきらめたように唯が一つ息を吐く。

「うーん、正直あまり面白くないかなあ……」

「やっぱり」

はっきり言われると、それはそれでがっかりした。

「でも面白いのもあったわよ」

「どの回？」

海香が見て面白い回は一つもなかった。

「ほらあれ。あの最初に再生回数みんなで見た時」

「ああ、5だったやつね」

「そう、それ。『5のやつ』」唯が思い出したように吹き出した。「あれは動画にアップしてないけど、あの時の勇吾さんの顔は最高に面白かったな」

「まあ、確かに……」

あの光景を思い出して、海香も頬が緩んでしまった。

二人で家に戻ると、リビングにはみんながいた。元気と一休が夕食の準備をしているが、勇吾の姿はない。

「あれっ、お父さんは？」

そう海香が訊くと、一休が答えた。

「勇吾さん、撮影してるよ。いいアイデアを思いついたって」

またろくでもないアイデアだろう、と海香はため息を吐いた。

元気がキッチンから声をかけた。

「唯さん、夕食食べていきますか？」

「ええ、お願いしていいかしら」

そう言って唯が財布を取り出し、テーブルの上に置いた貯金箱に小銭を入れる。夕食を食べる人は、これにお金を入れるのだ。

その貯金箱の横に用紙があり、海香は怒りが湧いた。

「お父さん、プールのサインしてない」

あれだけ言ったのに忘れている。海香は用紙を手に、苛々してリビングを出た。廊下の一番奥が勇吾の部屋だ。

そこから勇吾の声が聞こえてきた。確か撮影していると言っていたので、静かに歩くことにする。

何を話しているんだろうかと耳をそばだてると、海香は青ざめた。

何かを朗読している。それも知っている内容だ。それは……海香が今日学校で書いた詩だった。

慌てて海香は部屋に入った。案の定、勇吾がカメラの前で海香のノートを広げ、笑いながら読み上げている。

「何してんね！！！」

海香はノートを奪い取る。

「何怒ってんだよ。いい詩だったから勇吾ＴＶで紹介しているだけだろ」

怒りが一瞬で体を動かした。

「ふざけんな！」

手のひらを力いっぱい勇吾の頬に叩きつける。その勢いで勇吾がふっ飛び、派手な音を立てた。

「何すんだよ。何もビンタすることねえじゃねえか」

勇吾が頬を抑えながら言った。

その騒ぎを聞きつけたのか、みんなが集まってきた。

海香は勇吾に声を叩きつける。

「んぎゃます！　一回死ね！」

「死ぬか。それにたとえ死んでも俺は生き返る」

「じゃあ生き返ってからもう一回死ね！」

そう言い捨てて、自分の部屋に戻った。

ほんと最低な父親だ、と海香はノートを机に投げつけた。

＊

リビングに戻って、勇吾は頬にビニール袋に入れた氷をあてた。まだ顔半分がじんじんしている。

「痛《い》ってえ、海香の野郎。思いっきりぶん殴りやがって」

「海香ちゃん、結構力あるんだな」

虎太郎がおかしそうに言う。他の面々は海香を心配して海香の部屋に行っている。心配をしてくれるのは虎太郎だけだ。それも勇吾は気にくわない。

「でも勇吾が海香ちゃんに引っぱたかれたのを見て、早苗ちゃんのことを思い出したよ。あの時もこうしてほっぺた冷やしてただろ。懐かしいな」

「うるせえよ。どこで昔を思い出してやがんだ」

「不思議だな。なぜか似るんだね」

虎太郎が感慨深そうに言う。

ふんと勇吾は鼻を鳴らす。ほっぺがじんと痛んだ。

十二年前　東京

バイト先の居酒屋で勇吾はそわそわしていた。

今日はバイト用の服であるいつもの黒いTシャツではない。爽やかなクリーム色のジャケットを着ている。勇吾が狙った女性と会う時にだけ着用する勝負服だ。

もう閉店時間なので客はいないが、虎太郎、そして一人の女性がいる。

彼女がおどおどと言った。

「私もいていいのかしら？」

正樹の妻である冴子だった。

「いいんですよ。女性がいてくれた方が早苗ちゃんも安心しますし」

そう勇吾が言うと、冴子の表情に安堵の色が浮かんだ。

勇吾は改めて冴子を見た。地味なシャツに地味なスカートと、目立たない格好をしている。大きな黒ぶちの眼鏡をかけているので、顔立ちもよくわからない。仕事も設計事務所で事務をやっているそうなので、職業自体も地味だ。

なぜ正樹が冴子のような女性を選んだのか、勇吾にはよくわからない。ただ虎太郎には、勇吾の女性の趣味の方が理解できないと言われる。男性も女性もこれだけ好みが違うからこそ、たくさんのカップルが生まれるのだろう。神様というのはよく考えている。

勇吾は正樹に確認する。

「正樹さん、魚は大丈夫ですね」

「うん。いいの仕入れといたよ」

正樹はこのバイト先でもっとも料理がうまい。漫画家なんて辞めて、今すぐうちの正社員になれとオーナーからよく言われている。勇吾にはそんなこと一言も言ってくれないが……。

「虎太郎、マンゴーは。今日の主役だぞ」

「もちろん大丈夫。ほら、これ見てよ」

そう言ってテーブルの上に皿を置く。そこには黄金色に光るマンゴーがあった。食べなくても最高のマンゴーなのが見てわかる。

正樹が絶賛の声を上げる。

「すごい。最高級のマンゴーだね」

「ええ。一口で舌がとろけますよ」

満足顔で虎太郎が頷く。

「よしっ、これで完璧だ。あとは早苗ちゃんが来るだけだな」

そう言い、勇吾は勢い良く手を叩いた。

今日は早苗にマンゴーを食べさせる、マンゴー会の日なのだ。

すると扉の方から大きな音がした。

「どうも。お邪魔しまーす」

その方向を見て、勇吾は胸が高鳴った。

早苗だ。髪を巻いて上でまとめ、水色のドレスを着ている。お店帰りでずいぶんお酒を呑んできたのか、頬が赤く染まっている。それが勇吾にとってはたまらなく可愛い。

「おー、虎太郎、勇吾、おっす」

「早苗ちゃん、ごめん。お疲れのところ」

勇吾は言ったが、声が上ずってしまった。

「ほんと、ほんと、今日はヤベエ客来て疲れちゃった。まあ今日は約束だからよ。あれっ、その人たちは誰？」

酔った目で正樹と冴子を見つめている。勇吾は慌てて紹介する。

「俺のバイト先の先輩の正樹さんと、その奥さんの冴子さん。今日は正樹さんが料理を作ってくれるから」

「ほんとありがとう。冴子ちゃんもわざわざ来てくれたの。嬉しい」

早苗が初対面の冴子に抱きつき、冴子が慌てふためいている。その突飛な行動に、正樹も虎太郎も驚いている様子だが、勇吾は逆だ。早苗のように、感情を素直にさらけ出せる女性を勇吾は好む。

正樹が料理を作り、冴子がそれを手伝う。先輩とその奥さんにそんなことをさせるのは申し訳ないが、正樹の方からこう言ってくれた。

「僕たちは結婚して幸せになれたからさ、今度は勇吾君の番だよ」

その正樹の心配りを無駄にしないためにも、今日はきめてやる。勇吾はそう胸に誓っていた。

勇吾、虎太郎、早苗の三人で食事をはじめる。正樹の作る魚料理と、虎太郎の最高級マンゴーを早苗は絶賛する。マンゴーに至っては、ほぼ大半を早苗が平らげてしまった。大食漢な女性というのも勇吾の好みだ。ますます結婚したくなる。

お店でお酒を呑んできた上に、早苗は泡盛を水のように呑んでいる。虎太郎の父親がマンゴーと一緒に送ってきてくれた上等の泡盛だ。

これでは早苗が酔い潰れると勇吾はひやひやした。早く告白しなければならない。勇吾は肘で隣の虎太郎をつついた。

「ねえ早苗ちゃんは、どんな男性がタイプだったっけ？」

その合図で虎太郎が切り出す。

「うーん、面白い人かな」

きたっ、と勇吾は身を乗り出した。早苗の男性の好みが面白い人だということは、すでに知っている。

「おっ、俺、芸人なんだけど」

「えっ、そうなんだ。すごい。テレビとか出てるの？　ぜんぜん見たことないけど」

その率直な言い回しも勇吾にとっては快感だ。軽く息を吐いて、酔いを抑える。ここだ、と力のこもった声で言った。

「今は出てないけど、俺はこれから絶対に売れっ子芸人になる」

「おー、頑張れ。頑張れ」

早苗が箸で叩いてコップを鳴らす。勇吾はここでぐっと早苗に顔を接近させる。

「早苗ちゃん！」

「何？　顔めっちゃ近いんだけど」

「俺には夢がある。聞いてもらっていいかな？」

「えー、面白い夢だったらいいけど」

「まず俺は芸人で売れて絶対ゴールデン番組のＭＣをやる」

「ふんふん、それで」

ちょっとだけ関心を示してくれた。

「それで世田谷に家を建てる。八億円の大豪邸だ」

念のために五億円から八億円に増やしておいた。保険だ。

「八億円ってすごくない」早苗が口笛を鳴らす。「プールある？　プール」

「もちろんある」

「あっ、でも私泳げないからプールいらないや」

「……そういやうちの家訓に、『プール付きの一軒家に住むべからず』ってのがあった。プールはなし」

すぐさま訂正する。

「それからでっかい犬も飼う。雪山で遭難してたら首にウィスキーの樽くくりつけて助けてくれるような利口な犬だ」

「それいい。私も助けられたい。あのウィスキー呑みたい」

「呑んで呑んで。全部呑んでも怒らない犬だから」

「素敵。酒呑みに優しい犬って好き」

酒呑みに厳しい犬がいるのかと疑問だが、それは口にしない。

「だろっ。それと休みの日はテラスで知ってる芸能人を呼んでバーベキューパーティーをやる。宮古島の泡盛を呑みながら、みんなでわいわいやるんだ」

「えー、私も呼んで呼んで」

勇吾はそこで真顔になる。

「呼ぶんじゃないよ。そこは早苗ちゃんの家だ」

「どういうこと?」

首を傾げる早苗に、語気を強める。

「俺は早苗ちゃんと結婚して、その家に住みたい。そしてそこには子供もいるんだ。名前は男の子だったらまだ決めてないけど、女の子だったら決めてる。『海香』だ」

「……海香」

「そう、海香だ」

放心するように漏らす早苗に、勇吾は頷く。そして早苗が自分を指差した。

「じゃあ、私がその海香ちゃんのママってこと?」

「そう、そうなって欲しい。売れっ子芸人になって早苗ちゃんと結婚して、海香をつくる。それが俺の夢だ」

「そうかあ……それが勇吾の夢か……」

今度は早苗が身を乗り出し、勇吾に顔をさらに接近させる。その愛らしい瞳と潤んだ唇に勇吾はどきどきした。夢作戦大成功だ。

「勇吾……」

とろんとした目つきで早苗が呼びかけると、勇吾は「うん」と頷いて先を促した。

「何……」

その瞬間だ。早苗に思い切り引っぱたかれた。その衝撃で勇吾は椅子から転げ落ちる。一瞬何が起きたかわからなかったが、強烈な頰の痛みでビンタされたことがわかった。

早苗が立ち上がり、怒声を浴びせた。

「女口説くのに夢語る奴は気持ち悪いんだよ。何が芸人として売れたらだ。売れてから言えってんだこの野郎！」

その強烈な一言に、勇吾はつい涙目になる。

「……ごめん」

ふらふらとした足取りで、早苗が勇吾の前にしゃがみ込んだ。そして勇吾をまじまじと見つめた。

「でも、『海香』って名前は素敵……」

そう声をこぼすと、ばたりと倒れ込んだ。酔い潰れてしまったのだ。

みんなで慌てて介抱し、奥にある控え室のソファーで早苗を寝かせる。冴子が側についてみてくれることになった。

店内に戻り、虎太郎が渡してくれた氷入りのビニール袋で勇吾は頰を冷やした。

正樹が呆気にとられたように言った。

「凄い人だね……早苗さんって」

「まあだいぶ酔っ払ってたみたいですけどね」

虎太郎がそう言い、勇吾の方を見た。

「勇吾、これでもまだ早苗ちゃんのことが好きなの？」

「当たりめえだろ。あんないい女いるかよ。俺はまだまだあきらめねえぞ。絶対売れて早苗ちゃんと結婚して海香を産んでもらう」

仕方なさそうに虎太郎が笑うと、正樹がしみじみと言う。

「でも改めて聞いても素敵な名前だよね。海香って。ほんと勇吾君が考えたとは思えないぐらいだ」

でしょと勇吾は満足して頷き、頭の中でその名前をくり返してみる。

海香か……。

今日早苗と会って、その名前の赤ん坊を抱く自分のイメージが湧いた。年に一度か二度は宮古島に帰り、故郷のエメラルドグリーンの海を、早苗と海香に見せてやりたいものだ。

そんな夢の世界を思い浮かべたが、

「痛ってえ！！！」

頰の痛みで現実に戻された。

「勇吾、早苗ちゃんと結婚して浮気でもしてみろ。またあのビンタ食らうぞ」

にやにやと虎太郎が言い、勇吾は思わず震え上がる。

「勘弁してくれ。あのビンタはもう二度と嫌だよ」

虎太郎と正樹が同時に笑った。

## 6

翌朝、海香はリビングに向かった。

勇吾、元気、一休、虎太郎も起きている。勇吾は昨日のビンタのせいか、頬が腫《は》れている。勇吾と目が合ったが、海香はわざとらしく顔を逸らした。昨日の詩の朗読の件はまだ許していない。険悪な空気が流れているので、一休がおろおろしている。一休は周りの雰囲気を気にする人なのだ。ただ、元気と虎太郎はいつも通りだ。

「おはよう。海香ちゃん、昨日の動画アップしてたのね。改めて見たけど凄かったわね」

唯があらわれた。朝のこの時間に唯が来ることはめったにない。

昨日の動画とは、海香が勇吾を引っぱたいた動画のことだろう。

それから唯が勇吾をちらりと見る。その腫れた頬を視界に入れた瞬間、急にうつむいた。何だろうと海香は注視すると、その肩が小刻みに震えている。

「……どうしたんね、唯さん」

「……なんでもないの」

そろっと斜め下から覗き込むと、頬が痙攣している。その様子を見てすぐにぴんときた。

「唯さん、おかしいなら笑った方がいいさあ」

笑い上戸の唯が、また笑いを我慢しているのだ。

「大丈夫、そんなんじゃないから……」

「昨日、お父さんが私にビンタされたのが面白かったんだね。お父さんのほっぺが腫れ上がってるのも面白いんでしょ。遠慮せずに笑ったらいいさあ」

その瞬間、唯が吹き出した。溜めていた笑いをすべて吐き出すように、腹を抱えて爆笑している。涙まで浮かべている。あまりの笑い声の大きさに、みんなが目を丸くしている。

海香は唯の背中をさする。

「ごめんなさい。大丈夫」

やっと落ちついたのか、唯が居住まいを正し、涙を拭って深呼吸する。

するると勇吾が不思議そうに尋ねた。

「唯ちゃん、そんなに面白かったか。あれ？」

勇吾の顔を見て、また唯が笑いそうになったが、それはどうにか堪えた。

「面白かったです。勇吾TVの中で一番面白かったです」

「本当に？　あれ編集もしてなかったし、そのまま垂れ流してただけだぞ」

「最高に面白かったです。そう思ったの私だけじゃないですよ。勇吾さん、再生回数見ましたか」

「いや」

「早く見てください。すっごいことになってますよ」

半信半疑で勇吾がパソコンを開き、全員がその周りを囲んだ。そして勇吾が驚きの声を漏らした。

「じゅっ、十万……」

海香も目を見開いて確かめてみる。確かに十万となっている。

「嘘でしょ。一万の間違いじゃないですか」

震え声で一休が尋ねる。

「いや、十万であってる……」

勇吾がスクロールして、コメントの欄も見る。『爆笑』『勇吾のリアクション最高』『娘プロレスラーかよ』『ふっとびすぎ。壁破って外に飛び出すかと思った』などなど軒並みどれもこれも高評価だ。

「バズったんね……」

そう海香が声をこぼすと、勇吾が尋ねた。

「なんだその、バズなんちゃらって」

元気が代わりに説明する。

「ネット上で使われる用語です。まあ一気に拡散したってことですね」

「なんで、この動画だけ……あれだけ一生懸命作ってたやつはちっともだめだったのによお」

「勇吾さんの魅力が出たんじゃないんですか」

にこにこして元気が言うと、勇吾がぽかんとした。

「なんだよ。魅力って……」

「リアクションですよ」

短く答える元気に、虎太郎が合点するように言った。

「なるほど。それは勇吾の得意技だ」

「ねえ、リアクションってなんね？」

首を傾げる海香に、元気が眉を上げて教えてくれる。

「ほら芸人さんがテレビのバラエティー番組でよくやってるだろ。あつあつのおでん食べたり、熱湯に入ったりして面白い動きをしてるの」

「ああ、見たことある」

「ああいうのが勇吾さんは得意なんだよ。やっとそれが今回の海香ちゃんのビンタで出てきたってわけさ」

「ふうん」

一応納得したふりをしたが、何がなんだかよくわからない。

「ということで、勇吾ＴＶの方向性が見えましたね」

まとめるように元気が言うと、勇吾がきょとんとした。

「方向性ってなんだよ。また俺が海香にビンタされるのを映すのかよ」

「違いますよ。これからは、勇吾さんが体を張って何かにチャレンジしたりする企画をやればいいんですよ」

疑問を含んだ声で勇吾が言う。

「そんなの面白いか？」

「面白いです！」

突然唯が声を張り上げたので、全員がびくりとする。それから興奮した様子で唯が手を叩いた。

「そうだ。ドッキリ、ドッキリもやりましょう。勇吾さんにドッキリを仕かけたら絶対面白いですよ」

「いいですね」

その提案に元気が嬉しそうに賛同する。

「じゃあみんなでドッキリ企画考えて、勇吾さんを引っかけましょう」

たまらず勇吾が口を挟んだ。

「おい、ドッキリをやるなら俺のいないところで話せよ。まる聞こえじゃねえか」

笑って虎太郎が言う。

「大丈夫だよ。勇吾は警戒心ゼロで忘れっぽいから、ドッキリをやるって言ってもちゃんと引っかかるよ」

「おい、それじゃあまるで俺がアホの子みたいじゃねえか」

非難の声を上げる勇吾を無視して、元気がにこやかに言った。

「とりあえず今から企画考えるんで、勇吾さんどっか行っててください」

「おい、笑顔で冷たいこと言うな。余計に怖いじゃねえか」

そうぶつぶつ言いながらも、勇吾が部屋を出て行った。

海香が教室に入ると、

「おい、仲間《なかま》、おまえの父ちゃんすげえな」

知念が目を剝いて言った。その後ろには他のクラスメイトの男子もいる。どの顔も興奮で上気していた。

「……何がすごいね」

「YouTubeね。急上昇ランキング入ってるさあ」

叫ぶように知念が言い、海香はぎくりとした。

そうだ。こいつらが勇吾TVを見ているのを忘れていた。またからかわれると海香が身構えたのだが、それと反するように知念が賞賛の声を上げる。

「すっげえ。仲間も大活躍だしね。もう有名人だよ」

他のクラスメイトも口々に勇吾と海香を褒め称える。男子とは憎まれ口を叩く生き物だとばかり思っていたので、海香は戸惑わざるを得ない。

そしてYouTubeの影響力に驚いた。ちょっと動画が拡散しただけでみんなの話題に上っているのだ。

やっと解放されて、萌美と朋迦の元にたどり着く。

「すっごいさあ、おじさん」

知念たちほどではないが、萌美も興奮している様子だ。

「萌美見たんね……」

「うん。海香にビンタされて、おじさん吹っ飛んでたさあ」

けらけらと笑いながらその様子を再現してみせる。

海香は朋迦の方を向く。

いる。

「朋迦君も見たね？」

「見た。あれは本当に面白かった」

普段冷静なはずの朋迦が、感情を込めて言った。それがあの動画の反響ぶりを一番あらわしている。

「勇吾さんはあの路線を攻めるべきだね」

「うん。元気君もそう言ってたさあ」

頷く海香を見て、朋迦がすまなさそうに言う。

「海香ちゃん、勇吾さんに謝っといて」

「何をね？」

「正直僕は勇吾さんがユーチューバーになっても成功しないと思ってたけど、今回の動画でそうじゃないことがわかった。やってみなければわからない。元気さんがそう言ってたけど、まさにその通りだ。反省したよ」

真顔で語る朋迦に、海香はびっくりする。反省なんて子供がするものではない。

「……でも偶然一本当たっただけでしょ？」

朋迦が静かに首を振る。

「いや、そんなことはないと思う。勇吾さんは他のユーチューバーとは違う持ち味が見つかったんだ。これをきっかけに、勇吾さんは人気ユーチューバーになれるかもしれない」

「じゃあお父さんがヒカリンみたいになれるね？」

「それはわからないけど、近づけるとは思うよ」

確信に満ちた朋迦の顔を見て、海香は唾を呑み込んだ。

これから一体どうなるんだろう……その疑問に、今までの日常が覆ってしまうという期待と不安が入り混じっていた。

## 7

二ヶ月が経った。

もう夏は過ぎて秋が近づいている。観光客は減ってきたけど、まだまだ暑い。ただ一体や元気にとってはこの暑さが快適だそうだ。東京の暑さというものがどういうものかは、海香は体感したことがないのでわからない。

海香はリビングに行き、勇吾に声をかけた。

「お父さん、ゴキブリ出てきたからなんとかして」

面倒臭そうに勇吾が手を振る。

「おまえでなんとかしろよ。もう五年生だろうが」

「だってでっかいから」

「宮古の虫は全部でっかいんだよ。おまえももう慣れてるだろうが」

「でもすっごい大きいね」

「うるせえなあ。でかいっていってもゴキブリだぞ。たかが知れてるだろ」

仕方なさそうに勇吾が立ち上がり、スリッパを持ってくる。そして苦笑混じりに言う。

「おまえも偉そうなこと言ってるけど、まだまだ子供だな。たかがゴキブリ一匹に怖がるんだからよ」

腹が立ったがどうにかそれを抑え込み、客室に向かう。今日はここは空室で、大きな二段ベッドしかない。

カーテンのかかってる窓を指差した。

「あそこにいるんだけど」

「しゃあねえな。パパッと退治してやるよ」

やれやれと息を吐くと、勇吾がカーテンを手に摑み、思い切り横に引いた。その瞬間、

「ウオオオオオオオオオオオ!!!」

強烈な驚きの声を上げて尻餅をついた。そのまま後ずさりで逃げようとする。

勇吾の目の前には、大きなゴキブリがいた。

普通の大きさではない。大人の人間ほどの大きさのゴキブリが、窓の向こうのテラスからこちらに迫ってくるのだ。

「お願い、あっち行って」

なぜか女言葉になって、勇吾が涙目で追い払う仕草をしている。その様子を見て、海香は大笑いした。

こっそり隠しておいた手持ちのボードを手に取ると、勇吾の前に見せる。

そこには『ドッキリ大成功！』と書かれていた。

それを見て、勇吾が目をぱちくりさせている。

「なんだ。これっ……」

するとゴキブリがむくりと立ち上がり、勇吾がまた悲鳴を上げる。そのゴキブリが被り物の頭をとると、そこから一休の顔があらわれた。

「俺ですよ。勇吾さん」

その奥からぞろぞろと元気、唯、虎太郎があらわれる。唯は、また笑い過ぎて目に涙を浮かべている。

我に返った勇吾が声を上げる。

「おい、なんだよ。これっ……」

「リアルゴキブリですよ。アメリカから取り寄せたんです」

一休が被り物を見せる。本物そっくりの光沢で、見るからに気持ちが悪い。元気が特別なルートから仕入れたそうだ。最近この手のドッキリグッズを買っているので、置き場所として客室を一つ潰したぐらいだ。

勇吾TVの人気はうなぎ上りだ。

元気の指摘通り、勇吾の特徴はリアクションだった。激辛大食いや、全身にローションを塗って相撲をするなど、体を使った企画を次々に行った。

まるで水を得た魚のように、勇吾は大活躍した。辛くひどい目に遭えば遭うほど、勇吾の面白さが倍増するのだ。

どんなことでも勇吾は本気で抗い、本気で怒り、本気で身悶えし、本気で痛がる。そのすべてにおかしさが含まれている。

正直娘の自分からすれば、父親のそんな姿は情けなくて恥ずかしくもあるのだが、それを面白さが上回ってくる。

それらの企画を、元気、一休、唯、虎太郎が考えている。今までほぼ静観を保っていた元気が、なぜか急に協力しはじめたのだ。

あの海香のビンタ動画で勇吾TVに火がついた。そして続けてバズったのが、勇吾が最初に再生回数5を見た動画だ。海香たちは『5のやつ』と呼んでいる。

元気が『5のやつ』を編集してYouTubeにアップしようと言い出したのだ。勇吾はそれの何が面白いかわからない様子だったが、元気がその編集をやってみせた
元気が編集をできることに海香はたまげた。今まで勇吾や一休に教えることすらしなかったのに……。

そしてその編集した動画は、勇吾の面白い部分が凝縮されていた。テロップや効果音の付け方も見事で、とても素人とは思えない出来栄えだった。

それを見て唯は笑い転げていた。唯は、この『5のやつ』が一番面白いと以前言っていた。

海香のビンタに『5のやつ』の動画が加わり、「勇吾TVは面白い」とネット上で話題に上がるようになった。

さらにその元気の編集を見て、勇吾は何かを摑んだようだ。編集の腕が見違えるようによくなり、勇吾の面白さが如実にわかるようになった。もちろんそれは一休も同じだ。元気のおかげで

二人は編集の勘所を理解したみたいだ。

唯も、はりきっていろんなアイデアを出してくれる。

「私、実はテレビのバラエティー番組を作る仕事がしたかったんだ」

そう言って生き生きと参加しているのだ。確かに唯のアイデアが一番面白く、再生回数も多かった。

勇吾TVは再生回数もチャンネル登録者もどんどん増えている。クラスメイトだけではなく学校でも知られるようになった。

一番の人気企画は、勇吾のドッキリだ。

その驚きぶりや引っかかり具合は見事としか言いようがない。虎太郎の言うように、勇吾ほどドッキリに仕かけやすい人はいないだろう。記憶力と警戒心がほぼないので、毎回新鮮なリアクションをしてくれる。

そしてその引っかけ役が海香だった。海香が勇吾をだまし、『ドッキリ大成功！』の看板を見せる。ネット上では海香はドッキリガールと呼ばれ、このドッキリ大成功の看板は『女神の聖剣』と名付けられていた。

動画はすべてがドッキリではないが、ドッキリの回は他の回よりも視聴回数が多い。このドッキリだけを見るという視聴者もいるほどだ。

ただ、近所のオジイやオバアからはなんの反応もない。やはりまだまだＹｏｕＴｕｂｅというのは全世代のものではないみたいだ。

巨大ゴキブリドッキリを終えて、全員が満足げにリビングに戻る。みんな一仕事終えたような顔をしているが、ゲストハウスの仕事はまだやってない。最近は勇吾と一休がＹｏｕＴｕｂｅ担当で、元気だけでゲストハウスを運営している。

　パソコンを立ち上げると、勇吾が手もみして言った。

「さてさて、いくらぐらい稼げてるかなあ」

　もう勇吾ＴＶはＹｏｕＴｕｂｅから収益を上げている。毎日のように広告費が入ってくるのだ。笑いが止まらないとはこのことだろう。実際勇吾は、この金額を見ていつも笑っている。

　でもそれは悪いことではない。海香の大学の資金をこれで賄えるかもしれないからだ。海香が勇吾ＴＶに出演してあげているのも、それがあるからだ。

　勇吾が頓狂な声を上げる。

「おい、なんか変なところからメールきてるぞ」

「どこからですか？」

　一休も画面を見ると、勇吾が舌がもつれるように言った。

「ク、ＫＵＵＭ《クーム》だってよ」

「なんですかね？　美容院ですかね？」

　二人で首をひねっていると、台所で野菜を切っていた元気が口を開いた。

「ユーチューバーの事務所ですよ」

「ユーチューバーに事務所なんかあるんですか」

　驚いたように唯が訊くと、元気が手を拭きながら答える。

「ええ、ありますよ」

不審そうに勇吾が尋ねる。

「ユーチューバーは個人で全部できるからいいんじゃねえか。なんで事務所なんかあるんだよ」

「今ユーチューバーは企業とタイアップしたり、メディアに出演したりと活動の幅が広がってますからね。個人だと処理できない案件も増えてきたので、そんな事務所もできたんですよ」

虎太郎が目を大きくする。

「へえ、もうユーチューバーっていうのはタレントやミュージシャンみたいなんだね」

「ええ」と元気が頷く。「まさに新しい時代の職業ですよ」

「どうせうさんくせえところだろ」

疑わしそうに勇吾が言うと、元気がさらりと否定する。

「そんなことありませんよ。KUUMはユーチューバーの事務所では最大手で、ヒカリンも所属してますからね」

「えっ、ヒカリンも入ってるの？」

そう声を上げる海香を見て、元気が頷く。

「入ってるというか、ヒカリンが中心になってできた会社だからね」

「へえ、ヒカリンって凄いんだねえ」

海香はすっかりヒカリンのファンだ。ヒカリンTVも毎日見ている。

「ヒカリンはユーチューバーという新たな職業を、日本の社会に根付かせようとしているんだ」

なぜか誇らしそうに元気が言い、勇吾が鼻を鳴らした。

「そんなヒカリンの事務所が、俺になんでメール送ってきやがるんだ」

「ちょっといいですか」

元気がメールを見て内容を確認する。

「KUMが勇吾さんをスカウトしてますね」

「スッ、スカウト！！！」

海香は思わず仰天の声を上げ、一同が騒然とする。

「えっ、勇吾さんスカウトされたんですか？　それってアイドルやモデルみたいじゃないですか」

興奮した一休が勇吾の背中を叩く。

「おっ、俺がスカウト？　ここは宮古島だぞ。原宿《はらじゅく》じゃねえぞ」

スカウトと聞いてイメージするのは、勇吾にはそれしかないのだろう。

「KUMは人気が出てきたユーチューバーをこうしてスカウトするんですよ」

「人気が出てきたねえ……」

鼻を高くした勇吾が、偉そうな口調で尋ねる。

「KUMに入ったら、そこがお金くれるのか？」

「逆ですよ、逆。勇吾さんが彼らにマネージメント料を支払うんです。と言っても、広告収入の一部を払うだけですけどね」

「なんだそりゃ。損するだけじゃねえか。だったら入らねえよ」

乱暴に勇吾が手を振ると、一休がもったいなさそうに言う。

「でも勇吾さん、せっかくヒカリンの事務所が誘ってくれたんですよ。もしかしたら、ヒカリンと仲良くなれるんじゃないですか」

「えっ、ほんとヒカリンと仲良くなれるね？」

わくわくして海香が訊くと、勇吾はぶっきらぼうに返す。

「同じ事務所ってだけで、トップの人間と仲良くなれるわけねえだろ」

「なんでね。そんなのわからないさあ」

「ああ、うるせえ、うるせえ」

勇吾がパソコンに向かい、キーボードに何やら打ちはじめた。

「これでいいだろ」

そう強くエンターキーを押したので、海香が気になって尋ねた。

「何したんね？」

「俺に入って欲しきゃ、ヒカリンが直接頼みに来いって返信したんだよ」

「馬鹿じゃないの。何考えてるさあ！」

つい罵声が飛び出る。

「そうですよ勇吾さん。ヒカリンはユーチューバーの神様ですよ」

一休まで目を吊り上げるので、勇吾が怯《ひる》んだ顔をする。

元気がそこで口を開いた。

「勇吾さん、ＫＵＵＭはマネージメント料はとりますが、その分各方面に営業をしてくれますよ。企業のタイアップやいろんな仕事が舞い込むので、今以上に有名になれますし、収入も得られます」

「えっ、そうなのか……」

勇吾が顔を強張らせ、元気が補足するように言う。

「何より大きいのが、KUUM所属の有名ユーチューバーと知り合えることです。彼らと一緒にコラボ動画を作れば、再生回数は一気に増えますよ。さらにKUUMは、毎年彼らと一緒に日本最大級のユーチューバーの祭典をします。もちろんそこでヒカリンとも会えますよ」

一休が血相を変える。

「何してんですか、勇吾さん。今のメールでヒカリンを怒らせたかもしれませんよ。もうYouTube出入り禁止になるかもしれませんよ」

「さいがあ、お父さん。今からでも謝りね」

みるみるうちに勇吾の顔が青くなっていく。そして消え入りそうな声で呼びかけた。

「……元気」

「なんですか？」

「……送ったメールを元に戻すのってどうやるんだ」

泣き顔になる勇吾を、元気が笑顔ではねつける。

「そんなのできませんよ。さあ、もう泊まり客のみなさんが帰ってくる。準備をしましょう」

手を大きく叩いて、元気がその場をまとめた。

一週間後、海香は砂浜に座っていつものように海の絵を描いていた。

秋になってきたので、海の表情も若干異なる。夏のような目の覚めるようなエメラルドグリーンではなく、落ちついた大人のグレーになっている。

勇吾の人気がこのまま続けば、美大進学の資金はどうにかなりそうだ。あとは海香の腕次第だ。だから最近は、以前よりも力を入れて絵を描いている。

「ＹｏｕＴｕｂｅって凄いさあ……」

一般人の勇吾が、テレビに出ている芸人のようなことをやってお金を稼いでいるのだ。しかも結構な大金を。何か今でも信じられない気分になる。

日が少し傾きかけたので家に戻ることにする。すると家の前で、ゆいまーるの看板を眺めている人がいた。その人物を見て、海香は思わず後ずさった。

黒い帽子に黒いサングラスをして、黒いパーカーを着ている。まるで逃亡中の犯人みたいな格好だ。

その彼が海香に気づき、あっと声を上げた。

「もしかして君、勇吾ＴＶに出てなかった？　勇吾をビンタした海香ちゃん」

この頃は勇吾ＴＶの影響から、勇吾に会いに客がやってくることもある。

「そうですけど……」

あきらかに怪しい人物なので、まず真っ先に警戒しなければならない。ただ海香は、一瞬それを忘れてしまった。彼の口調に穏やかさが含まれていたのと、その声になぜか聞き覚えがあったからだ。

「あの動画面白かった。ほんとに」

「……ありがとうございます」

父親をピンタしたのを面白かったと言われてもちっとも嬉しくはないが、とりあえず礼を言う。

「で、何か用ですか？」

「泊まりに来たんだ。部屋はあるかな？」

「夏過ぎたんでありますよ。ご案内します」

さらに平日なので、実は今日の泊まり客は誰もいない。

「ありがとう。えらいね。そういう家のお手伝いもしてるんだ」

「このゲストハウスの子供なんで」

「なるほど。なるほど」

嬉しそうに彼が頷いている。やっぱりどこかで聞いたことのある声だが、まったく思い出せない。

中に入りリビングに案内すると、彼が興味深そうに辺りを見回している。壁の本棚に並べられた小説や漫画、ゲーム機を上機嫌で触っている。

「いいなあ。僕の部屋と似ている」

「お兄さんも遊んでばっかりね？」

「うん、そうだね。でも僕は遊ぶのが仕事なんだ」

声を弾ませて彼が言うと、勇吾が頭を掻きながらあらわれた。

「おう、海香。お客さんか」

「勇吾さんですか。勇吾ＴＶの」

彼がはしゃぎ、勇吾が満面の笑みで応じる。

「おう、そうだよ。なんだ兄ちゃん、俺のファンか」

「はい。大ファンです」

「まあもう俺は有名人だからな」

「ええ、勇吾さんは今注目のユーチューバーですよ」

勇吾が親しげに彼の肩に手をかける。

「おお、そうか、そうか。今日は虎太郎が宮古牛持ってきてくれるっていってたからよ。兄ちゃん、たっぷり食べろ。泡盛も腐るほどあるからな」

「ありがとうございます。僕も今日は時間作ってきたんで楽しめそうです」

そこで勇吾が眉根を寄せた。

「なあ兄ちゃん、家の中に入ったんならサングラスぐらい取れよ。スパイじゃねえんだろ」

「あっ、失礼しました」

慌てて彼がサングラスを外す。目がつぶらで、特徴のある顔つきだ。あれっ、と海香は目をこすった。どこかで見たことがある気がする……。

「おまえ、どっかで会わなかったか……」

海香と同じことを思ったのか、勇吾が彼を凝視している。

その時、彼が急に甲高い声を上げた。

「元気さん！」

勝手口から元気が出てきた。

「ほんとに来たのか」

目を大きくする元気に駆け寄った彼が、勢いよく元気を抱きしめる。そして体を離し、潤んだ瞳で見つめている。ずいぶん感情表現が豊かな人だ。

呆気にとられたように勇吾が尋ねる。

「なんだ。元気、その変な兄ちゃん、おまえの知り合いか？」

「ええ、友達で昔の仕事仲間です」

「じゃあそいつもネット関係の仕事か」

「元気君ってネットの仕事してたんね」

海香がそう尋ねると、「うん、そうなんだ」と元気が認める。それでＹｏｕＴｕｂｅに詳しかったのだ。

涙を手の甲で拭い、彼が声を弾ませた。

「元気さんに久しぶりに会えて本当に嬉しいです」

まだ感激で声が震えている。心から元気を好きで信頼している様子だ。

「ふうん、よかったな」

明らかに興味がなさそうに勇吾が言い、椅子に座った。

「それより兄ちゃん、名前はなんてんだ？」

「訊かなくても知ってるでしょ」

元気がくすりと笑う。

「なんでおまえのダチの名前を俺が知ってるんだよ」

怪訝そうに勇吾が言うと、きょとんとした顔つきで元気が海香を見る。

「海香ちゃんはわかるよね」

「わかんないさあ」

首を横に振る。正直、元気が何を言っているのか意味不明だ。

すると彼が笑って言った。

「元気さん、俺眼鏡かけてないと誰にも気づかれないんですよ」

「ああ、そうなんだ。それでか」

合点する元気を見て、彼が胸ポケットから眼鏡を取り出した。黒ぶちの大きな眼鏡だ。

それをかけてからこちらを見る。その眼鏡をかけた顔を目の前にして、海香は息を呑んだ。

私はこの人を知っている……いや、私だけではない。日本中の人が知っている顔だ。

勇吾がか細い声を漏らした。

「ヒッ、ヒカリン……」

そう、今目の前にヒカリン本人がいるのだ。

どうりでどこかで聞き覚えのある声だと思った。それは、いつも聞いているヒカリンの声だったのだ。

我に返った海香は声を上ずらせる。

「なっ、なんで、なんでヒカリンがここにいるね？」

不思議そうにヒカリンが応じる。

「えっ、だって勇吾さんがＫＵＵＭに入って欲しけりゃ直接頼みに来いってメールされたから」

まさかあのメールで本当に来るとは夢にも思わない。

「まあそれよりも、元気さんに会いたかったたっていうのが一番ですけどね。本当に驚きましたよ。勇吾ＴＶを元気さんが手伝ってるだなんて」

笑いながら元気が否定する。

「僕は勇吾ＴＶに関しては何もやってないよ。手伝ってるのは、このゲストハウスだけだ」

海香はたまらず口を入れる。

「ちょっ、ちょっと待って。元気君とヒカリンって友達ね？」

「そうだよ。僕は元気さんのおかげでユーチューバーとして成功できたんだ。元気さんは僕の恩人みたいなものだよ」

首を縦に振るヒカリンに、元気が苦笑混じりに言った。

「恩人だなんて大げさだな。日本一のユーチューバーになれたのはヒカリンに力があったからだよ。僕は何もしてない。ただ見ていただけさ」

二人で懐かしそうに見つめ合う。それは友情と信頼が含まれた視線だった。

混乱した口ぶりで、勇吾が説明を求める。

「おい、元気。何がなんだかさっぱりわからねえ。詳しく説明してくれ」

元気が明るい声で応じる。

「簡単ですよ。ＫＵＵＭは僕がヒカリンと立ち上げた会社なんですよ。ヒカリンという素晴らしい才能をもっと世間に広めたい。ＹｏｕＴｕｂｅの可能性をもっと大勢の人に知ってもらいたい。そう思って作ったんです。僕が社長で、ヒカリンが取締役でね」

「お父さん、知らなかったの？」

海香が勇吾を見ると、勇吾が小声で答えた。

「いや元気がネット関係の会社やってたのは知ってたけどよ、それがまさかKUUMだとは知らなかった……」

「まあ昔の話なんで」

そう元気がすまなそうに言う。

おそらく朋迦は、どこかでKUUMの社長時代の元気の写真を見て、それが記憶の中にあったのだ。

「でも元気君、そんなに凄い人なのに、なんで今はここで働いてるさあ……」

「まあいろいろあってね」

そう元気が言葉を濁すと、

「うおおおお！！！　ヒッ、ヒカッ、ヒカリンがいる！！！」

いつの間にかあらわれた一休が、腰を抜かすほど驚いていた。


その夜、ヒカリンを交えての宴会となった。

勇吾、元気、一休、虎太郎、唯という大人メンバーと、海香、萌美、朋迦の子供メンバーだ。

ヒカリンは、今やＹｏｕＴｕｂｅの枠を超えた全国規模の有名人だ。テレビにもよく出ているので、オジイやオバアでも知っている。もし他に知られたらどんな騒ぎになるかわからないので、みんな誰にも言わないことにした。

ヒカリンに会った瞬間、一休同様、萌美も腰を抜かしていた。あの朋迦ですらも驚きを隠せないでいた。ヒカリンがこのゆいまーるに来るというのは、それほど驚嘆すべき出来事なのだ。

海に映る沈みゆく夕日を眺めながら、いつもの宴会がはじまる。オトーリセット、宮古牛のステーキに、虎太郎が持ってくるフルーツ、そしてヒカリン……日常の光景にヒカリンがいることがまだ信じられない。

ヒカリンは少し離れたところにいて、その海を静かに見つめている。普段せわしなく働いている人ほど、この海を見るとこんな表情になる。その淡く揺れる瞳を見て、海香はヒカリンの生活が垣間見えた。

その横顔に問いかける。

「ヒカリン、宮古島の海ははじめてね？」

「うん。日本にこんな綺麗な海があるんだね。なんだかこの海を見ているとすべてを忘れられるよ。本当に来てよかった」

「あまり旅行とかしないの？」

「動画を毎日アップしないといけないからね。旅行する暇なんてないよ。今日も元気さんが誘ってくれなければとても来られなかったよ」

ユーチューバーの忙しさは海香も知っている。普段から勇吾を見ているからだ。毎日動画をアップするというのは過酷な作業だ。そして、ヒカリンの忙しさは勇吾の比ではないだろう。どうりでこんな目をして海を見つめるわけだ。

「今日って、元気君が誘ったんね」

「うん。勇吾さんのメールのすぐあとに元気さんが久しぶりに連絡をくれてね。その時宮古島にいることや、勇吾さんのゲストハウスで働いていることを教えてくれたんだ。勇吾TVの勇吾さんと元気さんが、知り合いだなんて思わなかったけどね」

「ヒカリンはお父さんを知ってたの？」

「もちろん。海香ちゃんが勇吾さんをビンタした動画や、視聴回数『5のやつ』の動画がYouTubeで大人気だったからね。あれは笑ったなあ」

ヒカリンが知っているのだ。どうやら想像以上に勇吾は注目されてるみたいだ。

「ヒカリン、ここの海は最高だろ」

いつの間にか元気が側にいて、海の方を眺めている。

「ええ、元気さんがここにいる理由がわかりましたよ」

ほっとしたようにヒカリンが言う。その横顔を見て、海香はふと思い出した。そういえば元気も最初宮古島に来た時、よくこんな表情をしていた。ヒカリンと昔の元気が、海香には重なって見えた。

なんか良い感じだなと思った矢先、勇吾が雰囲気をぶち壊した。

「さあ、オトーリやるぞ。海香！」

「ああ、もう声でっかいんだって」

指で耳をふさぐ海香を見てヒカリンが笑った。

「勇吾さんと海香ちゃんは最高の親子ユーチューバーだね」

「私？　私もユーチューバーね？」

「勇吾TVには海香ちゃんもよく出てるからね。立派なユーチューバーだよ」

ドッキリだけでなく、勇吾と一休の激辛早食い対決の進行役なども海香がやらされている。

「ユーチューバーでも子供を出したがらない人が多いから、海香ちゃんは一際《ひときわ》目立ってるよ」

やっぱり勇吾は世間一般の父親でないのだ、と海香はひどく納得した。

みんなのところに戻り、海香はピッチャーに泡盛と水を注いでオトーリの用意をした。夏が終わったので氷は少なめだ。

勇吾が立ち上がり、口上を述べる。

「えー、今日は俺の親友、ヒカリンが宮古島に来てくれました。みんな、拍手」

いつから親友になったのかはわからないが、一休が激しく手を叩き、虎太郎が指笛を鳴らす。その勢いに、ヒカリンは呆気にとられている。

萌美が口を挟んだ。

「おじさん、いつヒカリンと親友になったんね?」

私だけじゃなかったのね。海香は安心した。

「さっきヒカリンとコラボ動画撮ったからな。ユーチューバーはコラボしたら親友なんだ。なあヒカリン」

「ええ、その通りです。勇吾さんとは親友ですよ」

そう、これが今回の最大の衝撃だった。

ヒカリンが勇吾TVに出てくれたのだ。つまり、日本一のユーチューバーが勇吾を認めてくれたということだ。後日アップする予定だが、一体どれだけの視聴回数になるだろうか。その数字を想像して、海香は気が遠くなった。

ヒカリンとオトーリするという、史上最高に贅沢なオトーリのおかげで、全員が大はしゃぎしている。

萌美と朋迦が帰りたくないと言ったので、元気が二人の親に連絡してうちに泊まることになった。

元気特製の元気ジュースを呑みながら、宮古牛のステーキをたらふく食べる。さらにヒカリンがボイスパーカッションをやってくれて、最高の夜となった。

＊

海香、萌美、朋迦が砂浜で寝ている。

いつもはこんな時間まで起きていないが、ヒカリンがいるので最後までいたかったのだろう。生意気なやつらだが、行動と寝顔はまだまだ子供だ。その姿を見ながら、勇吾は一口泡盛を吞む。

元気が立ち上がった。

「海香ちゃんたち、ベッドに運んできますよ」

元気が海香を、一休が萌美を、虎太郎が朋迦を抱き上げる。唯も一緒に行って、ベッドを整えることになった。

ヒカリンと二人きりになると、急に静かになった。キャンプファイヤーの炎を、ヒカリンが静かに見つめている。

「どうだ。いいもんだろ。波の音を聞きながら火を見つめるのって」

声をかけると、ヒカリンが笑顔を浮かべた。

「ええ、最高ですね」

「そうだろ。こうしているとな、普段の忙しい日々が忘れられるんだ。うちの泊まり客はみんなこの火の前でいろいろ話すんだ」

ふと亡き父親を思い浮かべる。父親はこうして泊まり客と炎を囲みながら、いろんな人の話に耳を傾けていた。その姿を見ながら眠りに落ちるのが、小さな勇吾の日常だった。

若い頃は、こんな儲かりもしねえしょぼいゲストハウスをなんでやるんだと思ってたけど、親父がゲストハウスにこだわっていたのも今ならわかる……ここは日々の生活に疲れた人が訪れる休息の場所なのだ。親父は、そういう場所の大切さを知っていたのだ。

炎に照らされるヒカリンの横顔を見て、つい昔のことを思い出した。

「ふわあ」

我知らずとあくびが出た。ＹｏｕＴｕｂｅをはじめてからこんな時間までオトーリしていたことはない。

「眠いですか」

おかしそうにヒカリンが口を開いた。

「まあな。最近寝不足だからよ」

「僕もですよ。もう寝不足が当たり前になりました」

人気ユーチューバーほど忙しい仕事はない。ほぼ丸一日家にこもって作業をしなければならないのだ。その苦労は勇吾は身に染みている。

「今日はこうして波の音を聞きながら、おいしいお酒を呑めて幸せですよ」

ヒカリンが肩の力を抜き、潮騒の音に耳を傾けている。そこには日本一のユーチューバーの知られざる一面があった。

つい、という感じで勇吾は言った。

「ヒカリンはどうしてユーチューバーになったんだ？」

「僕ですか？　まあユーチューバーになったのは成り行きですね。最初はボイパ、ボイスパーカッションのことですけど、それがやりたかったんです」

さっきやっていた、打楽器の音を口で表現するやつだ。

「それで田舎から上京してスーパーで働きながら、ボイパの練習をしていたんです。その時にちょうどＹｏｕＴｕｂｅができて、ボイパの動画を投稿するようになりました。それがきっかけで元気さんと知り合って、ユーチューバーとして知られるようになったんですよ。ＹｏｕＴｕｂｅと元気さんに出会わなかったら、僕はまだきっとスーパーで惣菜を売ってました」

「そうか、ヒカリンは夢を叶えたんだな……」

上京して夢を追う。それはまさに勇吾の若かりし頃と同じだった。ただ勇吾の頭に浮かんだのは過去の自分ではなく、正樹のあの笑顔だった。

## 十二年前　東京

笑い声を全身で浴びながら勇吾は舞台袖に戻った。

今日一番の笑いの量で、自分でもかなりの手応えだった。

事務所のマネージャーが声をかけてくる。

「最近調子いいな。訛りもずいぶん取れて聞きやすくなってきたし、この前の『台風の中、エロ本を買いに行く中学生』は最高だったな」

「ありがとうございます。宮古島といったら台風ですからね。あれは俺の実体験なんっすよ」

「実体験かよ。どうりでリアリティーあったな」

マネージャーが大笑いする。

正樹を見習って他の芸人のネタの分析や、漫画や映画からヒントを得ようとしてきた。そうしていろんなものを吸収しているうちに、自分の特徴がだんだん見えてきた。

自分の面白さは、言葉のセンスや喋りの流暢《りゅうちょう》さではない。顔や動きの表現だ。だから奇抜な設定や突飛なアイデアではなく、日常の中でそういう面白さが伝えられる設定に変えた。そこからどんどんウケ出したのだ。

他の社員からも評価されて、何か見えないトンネルから抜け出せた気分だ。この調子ならばもうすぐ売れる。勇吾はそう自信を深めていた。

商店街のスーパーで買い物を済ませて帰宅する。

勇吾の主食は、格安のうどん玉に卵と麺つゆをかき混ぜたものだが、ウケた自分のご褒美として、特別に明太子を買った。これをトッピングして明太子うどんにするのだ。

部屋の戸を開けると、

「遅かったね。勇吾」

アイスを口にしながら虎太郎が手を上げる。その横では正樹が同じくアイスを食べていた。例の棒二つのアイスだ。

「おう、ちょっとな」

スーパーのビニール袋を床に、ちゃぶ台の上に携帯電話を置いた瞬間ぶるっと震えた。画面の表示を見て胸が高鳴る。そこには『早苗』という文字があった。

飛びつくように携帯電話を手にしてメールを確認すると、またライブに行きたいから出演する日を教えてという内容だった。

何度か早苗を自分の出るライブに誘っていたが、この前ようやく来てくれたのだ。芸人の最大の口説き文句は、自分の舞台を見せることだ。ある先輩がそう語っていたが、まさしくその通りだった。

鼻歌混じりに座ると、虎太郎が尋ねてくる。

「早苗ちゃんといい感じなの？」

「まあな。ちょくちょくご飯も行ってるし、ライブも見に来てくれてる。この調子だとマジで結婚もあるぞ」

「へえ、ストーカー作戦大成功だね」

「誰がストーカーだ。いいか、虎太郎、どんな良い商品でもな、知られなきゃ売れねえだろうが」

「まあそうだね」

「そうだろ。俺はただ単に俺という素晴らしい商品を早苗ちゃんに営業しただけだ。これは営業努力の成果だ。断じてストーカーじゃねえ」

「勇吾君よかったね」

心底嬉しそうに正樹が言う。

「俺もすぐに既婚者になって正樹さんに追いつきますよ」

高笑いをすると、正樹が切り出した。

「ちょうどよかった。勇吾君と虎太郎君に良いニュースと悪いニュースがあるんだ。どっちから聞きたい？」

勇吾は虎太郎と顔を見合わせる。あまり正樹らしくない言い回しだ。

仕方なく勇吾の方が促した。

「……良いニュースの方で」

「冴子が妊娠したんだ」

笑顔で正樹が言うと、虎太郎が慌てて返した。

「じゃっ、じゃあ正樹さんがパパになるんですか」

「うん。そう。僕がパパになるんだ」

「おめでとうございます」

勇吾は喜びを爆発させた。正樹の幸せは、自分の幸せでもある。正樹ならばきっといい父親になれるだろう。

ただ、さきほど正樹が言ったことも気になる。勇吾はおそるおそる尋ねた。

「……それで悪い方のニュースは？」

「漫画家の夢はあきらめる」

さらりと正樹が言ったので、勇吾は一瞬その意味がわからなかった。だがすぐさま気づき、つっかえながら訊き返す。

「ちょっ、ちょっと待ってください。どういうことですか？」

「子供が産まれるなら安定した収入が必要になる。もう漫画家を目指すゆとりはないからね。必然的に止めざるをえないよ。だから今の居酒屋はバイトだったけど、社員になることにした。あの店の店長になるよ」

淡々と説明する正樹に、勇吾は荒れた声をぶつける。

「どうしてですか？　今までのように働きながら漫画家を目指す道もあるじゃないですか。何も子供が産まれるからって、夢をあきらめる必要はないじゃないですか」

「プロの漫画家を目指すのはそんな甘いものじゃないよ」

真顔で正樹が言ったので、勇吾はどきりとした。

確かに漫画を描くには、熱意も時間も必要だ。これまでのようなバイトならばまだしも、店長になれば仕事量は増加する。とても漫画に時間を割《さ》く余裕がないのはわかる。

「でもそれでいいんですか。正樹さんのプロの漫画家になりたい気持ちって、そんな簡単にあきらめられるものだったんですか」

ついきつい口調で言うと、正樹がそこで目を閉じた。その表情には葛藤の色が見え隠れしている。

そうだ。そうなのだ。正樹の漫画にかける想いは、子供ができたからといって捨てられるものではないはずだ。

正樹はほんの隙間のような短い時間を見つけては、机にかじりつきペンを走らせていた。睡眠時間を削って、いろんな作品を読んだり見たりして勉強していた。

その正樹の真摯に夢を追う姿を見て、勇吾はこれまでの態度を改め、自分の芸に向き合うようになった。だからこそ、正樹には夢をあきらめて欲しくない。

正樹が目を開けた。そして微笑で返した。

「勇吾君ありがとう」

「じゃっ、じゃあ……」

勇吾は安堵したが、すぐに正樹が硬い声で言った。

「でももう決めたんだ。漫画家の道はあきらめる。その決意は変わらない」

「なんでですか」

悔しさで目に涙が滲んでくる。子供ができたから漫画家を断念する。それは、勇吾がずっと見てきた正樹の姿ではない。それではただの負け犬ではないか……。

「勇吾、落ちつけよ。正樹さんも覚悟を持ってのことなんだからさ」

そう虎太郎がなだめたが、勇吾は到底納得できなかった。

8

海香が教室に入ると、

「仲間、昨日の勇吾TVすっごい面白かった」

待ち構えていたように知念が声をかけてくる。そしてその後ろには、いつも通りクラスの男子が勢揃いしている。最近ではそこに女子も加わるようになっていた。

「なあ、俺も勇吾TVに出してくれるように勇吾に言ってくれよ。頼むよ」

クラスメイトが自分の父親を呼び捨てにするのは違和感がある。だがこれはもう、勇吾が人気ユーチューバーになったという証拠なのだろう。

他の男子が割り込んでくるように言った。

「そっ、それよりまたヒカリンが宮古島に来たら絶対教えてくれよ。絶対ね！」

俺も、俺も、私も、とその他のみんなが次々と声を上げる。

ヒカリンと勇吾のコラボ動画がＹｏｕＴｕｂｅにアップされると、とんでもない騒動になった。あのヒカリンと共演したということで、勇吾はみんなの英雄となった。

その人気は子供だけに留まらず、宮古島の大人にまでも広がった。ＹｏｕＴｕｂｅが何かわからず、勇吾の行動を冷ややかに眺めていた人たちが、ヒカリンとの共演で手のひらを返したのだ。

宮古島のテレビや新聞が、『宮古島ユーチューバー』として勇吾を取り上げた。議員もわざわざ勇吾に会いに来て、宮古島のアピールを頼んできた。勢いは宮古島だけにとどまらず、沖縄本島でも話題になっている。

さらに、勇吾が上京する回数も増えている。東京でヒカリン以外のユーチューバーと、コラボ動画を作ったりしているそうだ。

どうにか解放されて自分の席に戻る。最近こういう時間がどんどん増えているので、授業前なのにどっと疲れてしまう。

労をねぎらうように、萌美が声をかけてくれる。

「お疲れ様。毎日大変ね」

「もう勘弁して欲しいさあ……」

肩を落とす海香に、朋迦が言った。

「それにしてもヒカリン効果は絶大だったね。まさに元気さんの読み通りだ」

もう朋迦は、元気がKUUMの社長だったことは知っている。海香が教えたのだ。それを聞いて、「やっぱりただ者じゃないと思ってたんだ」と何度も頷いていた。

学校が終わって帰宅すると、リビングに一休と元気がいた。一休はパソコンを使っていて、元気は台所で野菜を洗っている。夕食の準備をしているのだ。

ふとテーブルを見ると、たくさんの食器が置かれていた。どれもこれも凝った装飾がされている。まるで昔の貴族が使うような食器だ。

「何これ」

海香が触ろうとすると、一休が慌ててそれを止める。

「触っちゃダメだよ」

「これなんね？」

「勇吾さんが買った、すっごい高い食器だって」

「どうしてそんなの買ったんね」

「その皿で駄菓子を食べる動画を作るんだって。超高級食器で、すっごいやっすいものを食べればおいしくなるのかって企画」

面白いのかどうかよくわからない。

「ふーん、この食器いくらするね？」

「百万円だって」

「ひゃっ、百万円！」

驚きすぎて声がひっくり返る。まさかそんな高額なものだとは思いもよらなかった。

「百万円って高すぎ！！」

「高いものを使えば使うほど動画が面白くなるって、勇吾さんは言ってたけど」

自信なさげに一休が返すと、海香はキッチンの方を見た。

「元気君、そうね？」

元気が冷静に答える。

「うん。まあヒカリンとかも高価なものを買って動画で見せたりしているけどね」

「……そりゃ、ヒカリンは買えるかもしれないけどさあ」

人気ユーチューバーになったおかげで、勇吾の懐には大金が入り込んでいる。勇吾は詳しい金額を教えてくれないが、再生回数でおおよそは判断できる。もう海香の大学進学費用はとっくに稼げているだろう。

けれどその分、勇吾の金遣いが荒くなっている。こんな風に、目玉が飛び出るほど高価なものを平気で買ってくるのだ。

ふと海香は気づいた。一休の目が赤く充血しているのだ。

「どうしたんね？　一休君、目が真っ赤だよ」

「ああ、最近編集一人でずっとやってるから」

「お父さんはやらないの？」

「勇吾さんはいろいろやることがあるから。最近は取材や打ち合わせも多いし」

そう一休は勇吾をかばうが、海香は納得がいかない。一休をこき使い、勇吾は遊んでいるようにしか見えない。

その時、外から大きな音が聞こえた。ドンドンと家全体を揺らすような重低音が鳴り響いている。

びっくりして海香が家を飛び出すと、目の前の光景に唖然とした。

巨大なオープンカーが停まっていたのだ。ピカピカと燦然《さんぜん》たる輝きを放ち、見るからに高級車といった外観だ。

運転席には勇吾が座っている。でっかい下品なサングラスをかけて、派手な白いスーツを着ていた。音楽に合わせて体を上下に揺らしている。そして海香に気づき、エンジンを切る。音楽は止まったが、まだ耳鳴りがしている。

「おう、海香」

「……おうじゃないよ。どうしたんね？　この車」

「いいだろ。高級外車だ。宮古でこの車乗ってるの俺だけだぞ」

一休と元気もやって来た。一休が目を見開いて尋ねる。

「これいくらしたんですか？」

「一千万円だ」

「い、い、い、一千万……」

金額が大きすぎて頭がくらくらした。百万円の食器でも高すぎるのに、その十倍の買い物をしてきた。

「あがい、何考えてんね。そんな高い車買ってどうするんさあ」

「馬鹿、俺は人気ユーチューバーだぞ。あんな錆《さび》だらけの軽トラなんか乗れるかよ」

顎でしゃくった先には、ゆいまーるの軽トラがあった。

「それにこれは先行投資ってやつだ。高いもん買ってそれを動画にすれば、再生回数が稼げるだろうが。そしたらまた儲かるんだよ」

そう言われると言葉に詰まる。理屈はわかるが、金遣いの荒さにひやひやしてしまう。

勇吾は車から降りて、一休を見る。

「俺は今から東京に行くからよ。昨日撮った動画の編集頼むわ。ちょっと今回は音にこだわってやってくれ」

「わかりました」

「人気者は忙しいなあ」

鼻歌を歌いながら軽快な足取りで、勇吾が家の中に入っていった。

海香は不安になった。

「ねえ、元気君。いくらなんでもお金使いすぎじゃない？　大丈夫ね？」

元気が渋い顔をする。

「確かに一千万円の車はやりすぎかな……」

さすがの元気も今の勇吾はかばいきれないのだ。

「それに、こんなに何回も東京に行かないとダメなの？　ユーチューバーって」

「まあ、ネット関係の会社は東京が中心だからね」

「でも今って、会議とかもネットでできるんじゃないの？」

「勇吾さんは顔と顔を合わせて話したいんだってさ。それに、コラボ動画を作るにしてもヒカリンのような人気ユーチューバーは東京にいることが多いから」

「そうかあ……」

一応呑み込んだが、まだ腑には落ちない。

するとそのもやもやが伝わったのか、一休が首を傾げて言った。

「でも勇吾さんって、ＹｏｕＴｕｂｅとは関係なく東京に行ってますよね。なんでだろ」

「一休君も知らないね？」

「うん」

「元気君は？」

「知らないよ」

元気が首を横に振る。てっきり二人は知っていると思っていた。

「でも元気君も一休君も、お父さんと東京で知り合ったんじゃないの？」

「そうだね。でも勇吾さんが東京で何をしてるかまでは聞いたことがないな」

お父さんは東京で何をしているのだろうか、と海香は思った。これまでただ遊び歩いているだけだと思っていただけだが、なんだか妙に気になってきた。

その時虎太郎が、いつものように果物を持ってあらわれた。車を見て仰天の声を上げる。

「すっごいなこの車、どうしたの？」

「お父さんがさっき買ってきた。いくらだと思うね？」

しげしげと虎太郎が車内を見つめる。

「……高そうだなあ」

「一千万円だよ」

「そんなにするの!?」

目を丸くする虎太郎に、海香は頭を下げて頼んだ。

「ちょっとおじさんからお父さんに言ってよ。高いもの買いすぎだって」

「わかった。わかった。言っとくよ」

そう言い、虎太郎が家の中に入っていった。もう勇吾を諫《いさ》められるのは虎太郎ぐらいだ。

＊

部屋で荷物をまとめていると、虎太郎が入ってきた。

「勇吾、一千万円の車買ったらしいな」

「そうだよ。かっこいいだろ」

虎太郎が詰めていた息を吐いた。

「……ちょっとお金を使いすぎじゃないか。海香ちゃんもみんな心配してるぞ」

その口調に勇吾は押し黙った。長年の付き合いでわかる。虎太郎は本気で懸念しているのだ。

「うるせえよ。金を使うのが一番他と差別化できるし、再生数稼げるんだよ。今波に乗ってるんだ。このチャンスをみすみす逃す手はねえ。成功するには訪れたチャンスをちゃんと摑めるかどうかだ。俺はまだまだ有名になるんだよ」

「有名ね……」

虎太郎が肩を沈ませて言った。

その響きに胸の奥がうずいたが、勇吾は何も口にはしなかった。

## 十一年前　東京

勇吾はバイト先の居酒屋まできた。表には『定休日』と書かれた看板がかかっている。ネタ帳を店に忘れたので取りに来たのだ。

勝手口から店に入ってぎょっとした。店の中に正樹がいたのだ。椅子に座って何か帳簿のようなものをつけている。

「正樹さん、休みなのに店来てるんですか？」

「うん。そうなんだ。経理のことやろうと思ってね」

店長になるとバイトとは違った苦労がある。正樹は、ほぼ毎日この店で働いている。子供が産まれたんだからしっかり稼がないとね、と正樹は気楽な風を装っているが、どう考えても楽ではない。

子供ができたから漫画家の夢をあきらめる。そう正樹の口から聞かされた時、勇吾はがっかりした。その程度で夢をあきらめるのか、と正樹に対して心底失望した。

あれから時間が経ったので、どうにかその感情は薄れたが、以前のように心から正樹を尊敬することはできない。

勇吾が正樹を敬愛していたのは、信頼する先輩であり、一緒に夢を追う仲間だったからだ。その夢の道から簡単に降りた正樹を、勇吾はまだ赦《ゆる》してはいなかった。

正樹の側《そば》に寄り、その横顔を見て一瞬言葉を失った。目が落ちくぼみ、くまができている。疲れを隠そうとしているが、それが隠せないほど表に出てきているのだ。

「ど、どうしたんですか？　だいぶ疲れてるんじゃないですか？」

「そう？　そんなことないよ」

ごまかそうとする正樹に、勇吾は目を据える。

「いや、絶対おかしいです。何かあったんですか？　例えば麗《うらら》ちゃんに何かあったとか……？」

麗とは正樹の子供の名前だ。正樹と冴子がつけるにしては、ちょっと目立つ名前だ。正樹もそんな風に思っていたのか、勇吾と虎太郎が名前を聞いた時、なんだか慌てて答えていた。

「麗……麗はぴんぴんしてるんだけど……」

正樹がもごもごと言うと、「あっ、正樹さんいたんですか」と虎太郎があらわれた。今日は虎太郎の休日なので、一緒にご飯を食べに行くことにしていたのだ。その待ち合わせ場所をここにしていた。

雰囲気が重いことを察したのか、虎太郎が慎重に尋ねた。

「どうしたんだ？　何かあったのか？」

「正樹さんがかなり疲れてるみたいなんで、何かあったのか訊いてたんだ……」

虎太郎が正樹を見てはっとする。勇吾の指摘で気づいたのだ。

「正樹さん、どうかされたんですか？」

正樹はまだ口を閉ざしている。その表情を見て、勇吾は動揺した。これは、ただごとではない……。

「正樹さん、俺らは親友ですよ。困った時に助け合うのが親友じゃないんですか」

真顔で訴えると、正樹がぬるい息を吐いた。そこでようやく表情が和らぎ、いつもの正樹の顔になる。

「……そうだね。勇吾君の言う通りだ。実は冴子のことなんだ」

「冴子さんの何が問題なんですか？　念願の子供が産まれて、今は楽しく育児してるんじゃないんですか？」

浮かない顔で正樹がかぶりを振る。

「育児は楽しいだけのものじゃないよ。正直、子育てがここまで大変だと思ってもみなかった」

子供なんて放っておいても育つだろう？　そう思う勇吾には意味がわからない。

「でも僕は仕事が忙しく子育てを手伝えない。冴子は一歳までは保育園に預けず、子供と一緒にいたいといって仕事をやめたからね。生活費は僕が稼ぐしかない……だから冴子に子育てを任せっぱなしにしていた。冴子は我慢強い性格だ。愚痴を一切吐かなかった。でも逆にそれがよくなかった。僕の知らない間に、育児のストレスがゆっくりと冴子を蝕《むしば》んでいたんだ……」

「育児ノイローゼってやつですか？」

そう虎太郎が問うと、正樹が静かに頷く。

「うん、そうだと思う。このあいだ家に帰ったらこんな手紙があった」

前掛けのポケットから一枚の手紙を取り出した。そこには細い文字でこう書かれていた。

『ごめんなさい。もう限界です。探さないでください。冴子』

その一文を見て、勇吾は強い衝撃を受けた。

「……じゃあ冴子さんは？」

「家を出て行った。家に帰ったら子供だけがベッドで寝ていた……さらにこれもあった」

もう一枚の紙を見せる。離婚届だった。

母親が子供を置いて行く……そんなことを、あの冴子さんがそんなことをするのか？　勇吾は混乱したが、それをかき消すように怒りが込み上げてきた。

「さっ、最低じゃないですか。育児ノイローゼかなんだか知りませんけど、小さな子供を置いて行くなんて」

勇吾は言ったが、正樹が強い声でそれを否定した。

「そうじゃない。僕だ。僕が全部悪いんだ！」

その大声に勇吾はたじろいだ。とても正樹が発した声だとは思えない。

荒い息を整え、正樹が懺悔《ざんげ》するように言った。

「冴子は、冴子は親に捨てられた……だから親が何をすればいいかわからず、どう子供に接したらいいか悩んでたんだ。いろいろ調べたんだけど、親の愛情を知らずに成長した人は、往往にしてそうなるケースが多いみたいなんだ」

それを聞いて、勇吾ははっとした。

そういう家庭環境だったからこそ、冴子は早く結婚して幸せな家庭を築きたかったのではないか。保育園に預けず、自分の手で子供を育てたいというのも、そうした想いの表れに違いない。なのにいざ結婚して子供が産まれたら、子供への接し方がわからずひどく混乱した。理想と現実の違いに、冴子は激しく苦悩していたのだ。

「すみません。俺、冴子さんの生まれ育った環境のことを考えずに責めてしまって……」

「いいんだ。悪いのはそうさせた僕だ」

正樹が力なく首を横に振る。

「冴子はああいう性格だからさ、誰にも話さず、子供の世話をしながら一人悩んでいたんだ……なのに僕は仕事ばかりでそんな冴子の異変に気づかなかった。だから全部、全部僕が悪いんだ……」

心底辛そうに正樹が頭を抱えている。そんな正樹を勇吾は正視できなかった。

「冴子さんは見つからないんですか？」

神妙な面持ちで虎太郎が尋ねると、正樹が消え入りそうな声で答える。

「……見つからない。電話もメールも返事がないし、正直どこに行ったのかもわからない。彼女は友達もいなかったからね」

勇吾の背中に冷たい汗が伝った。普通の女性ならば、こういう場合は実家に戻るだろう。でも冴子にはその実家がない。そういう人間がひっそり身を隠してしまえば、果たして見つけることができるのだろうか？

その不安を打ち消すように、虎太郎が声を強めた。

「ちょっとパニックになって出て行っただけですよ。すぐに戻って来てくれますよ」

「うん、そうだね……」

正樹が弱々しく微笑んだ。だがその笑みはいつもの笑みではない。そこには激しい不安が渦巻いていた。

そしてその不安が的中したように、冴子は戻って来なかった。

9

海香は朝起きると、体全体に湿気を感じた。

窓から空を見ると、どんよりと曇っている。リビングに向かうと、元気、一休、虎太郎、唯がテレビを見ていた。天気予報だ。

「やっぱり台風来るね?」

そう海香が尋ねると、元気が頷いた。

「うん直撃するみたいだね。幸い今日は泊まり客がいなくてよかった」

「じゃあ学校は休みで、今日はオバアの家か」

ゆいまーるは海に近いので、より台風の被害を受けやすい。だから台風になると、海香は祖母の家に避難する。

「おっ、とうとう台風来たか。これの出番だな」

勇吾が自分の部屋から姿を見せた。

黒い傘を手にしている。

「どうしたんね、その傘?」

眉間にしわを寄せる海香に向けて、勇吾が得意げに傘を開いた。ずいぶんと大ぶりな傘だ。

「聞いて驚くな。俺がこの日のために特注して作ってもらった台風傘だ」

「台風傘って？」

「決まってるだろ。台風で空を飛ぶための絶対に壊れない傘だ」

頭が痛くなる。どうして大人なのに、こんな子供のようなことが考えられるのだ。しかも子供と違って、お金を持っているのでタチが悪い。

「こりゃ再生回数稼げるぞ。なんせ宮古島の台風はとんでもねえからな」

「でもちょっと危なくないですか」

我慢できなかったのか唯が口を挟んだ。

「何言ってんだ、唯ちゃん」勇吾が笑って否定する。「危ねえからみんな見てくれるんだろ。その辺の遊園地でバンジージャンプやっても誰も見ねえよ。海外のとんでもねえ渓谷で飛ぶから、みんな喜んで見るんじゃねえか」

「まあ、そうかもしれないですけど……」

「ちょっくら俺は下見してくるわ」

そう言って傘を回しながら勇吾が出て行った。

そのご機嫌ぶりとは対照的に、部屋には微妙な空気が流れている。そこで海香は気づいたことを言った。

「そういえば唯さん、この頃あんまりＹｏｕＴｕｂｅの企画やってないね」

「うん。なんか最近の勇吾さん、過激なことばっかりやりたがって」

「過激って？」

「この前勇吾さんを落とし穴にはめたじゃない？」

海香が頷くと、唯は困ったような顔をした。

「あの後勇吾さん、『今度は俺が怪我《けが》するとか気にせず、もっともっと深い穴にして欲しい。ショベルカーとか使って、お金どんだけかけてもいいから』って……ちょっとそこまでになると私は付いて行けなくて」

確かに海香から見ても、近頃の勇吾は暴走気味だ。お金を使うのならばまだしも、どんどん危険なことをやろうとしている。

「ねえ元気君。再生回数伸ばそうと思ったら過激なことやらないとダメね？」

複雑な表情で元気が応じる。

「うーん、一概にそうとも言えないけど、確かに過激な企画で再生回数を伸ばしているユーチューバーも一部にいるね」

「でもヒカリンはそんなことしてないさあ」

「ヒカリンのチャンネルの視聴者層は、子供やその親御さんだからね。過激なことは彼はやらないよ」

「お父さんもヒカリンみたいにしたらいいのに……」

一休がかばうように言う。

「勇吾さん、もっと有名になりたいって言ってるから、注目されてきた今が大チャンスだと思ってるのかも」

むきになって海香は言う。

「有名ってなんね？　もう十分有名さあ。お金もすごい稼げてるし、これ以上有名になる意味なんてない。それに、なんで私が出なきゃならないの」

「……それは」

一休が言葉に詰まる。

海香の最大の不満が、自分までもがＹｏｕＴｕｂｅに出ることだった。最初は大学進学の資金のために仕方なくやっていたが、だんだん嫌になってきた。

学校では知念達がうるさいし、有名になったせいか女子たちが僻《ひが》み、近頃無視されるようにもなってきた。萌美や朋迦は放っておいたらいいと言うが、もううんざりだ。

「おう、ちょっと風出てきたから傘広げてみたけどいい感じだぞ。これで台風が本当に来たら、俺は鳥になれるな。一休、カメラしっかり頼むぞ」

上機嫌で傘を振り回しながら、勇吾が戻って来た。雰囲気が悪いことを察したのか、探るように訊いてくる。

「なんだ。何かあったのか？」

「お父さん、もうＹｏｕＴｕｂｅやめて」

「なんでだよ。せっかく苦労して人気出てきたのに、今さら止めれるかよ」

「もう十分お金稼いだんだし満足ね」

「ぜんぜん足りねえよ。それに俺は、有名になりてえんだよ」

「もう有名になったさあ」

「それはＹｏｕＴｕｂｅの中だけの話だろ。俺はテレビに出てえんだよ。ヒカリンぐらいのユーチューバーにならなきゃテレビに出れねえ」

「テレビ？　お父さんはテレビに出たいからやってるんね？」

開いた口がふさがらない。

「そうだよ。全国ネットのテレビに出るんだよ。俺は」

「馬鹿ね。そんなの出てなんになるんさあ」

息巻く勇吾と海香の間に、虎太郎が割って入る。

「はい。ストップ。二人とも落ちついて」

どうどうと馬をなだめるように、勇吾と海香を交互に見る。そして海香に目を落として言った。

「海香ちゃんも腹が立つし心配だと思うけど、勘弁してあげてよ」

「できない。大人になってテレビに出たいなんて馬鹿すぎる」

「親に向かって馬鹿とはどういう口の利き方だ！」

「馬鹿に馬鹿って言って何が悪いね！　馬鹿馬鹿馬鹿馬鹿、この大馬鹿！」

「あっ、おまえ連続攻撃までしやがったな！」

「ちょっと待った！」

ふうとこれ見よがしに、虎太郎が鼻から大きく息を吐いた。

「……テレビに出るのは勇吾の若い頃からの夢なんだ」

「おい、虎太郎！」

勇吾が怒鳴るが、虎太郎は冷静に言う。

「もうみんなに言っておいてもいいだろ。別に勇吾が過去にやってたことは恥ずかしいことじゃないんだからさ」

「なんね？　お父さんが過去にやってたことって？」

「勇吾と僕が若い頃東京にいたのは海香ちゃんも知ってるだろ？」

「うん」

「僕は東京の青果店で働いてたけど、勇吾は何してたと思う？」

「わかんない」

どうせふらふらと遊び歩いていただけだろう。

虎太郎がにこりと言った。

「お笑い芸人だよ」

「えっ!?」

つい頓狂な声が出てしまう。一休があたふたと重ねる。

「ゆ、勇吾さん元芸人なんですか。なんで教えてくれなかったんですか？」

仏頂面で勇吾が答える。

「馬鹿野郎。売れねえ芸人やってたなんて、恥ずかしくて言えるわけねえだろ」

「なるほど。それでリアクションとかが素人離れしてたんですね。ユーチューバーとして、成功できるわけだ」

腑に落ちたように元気が言うと、唯が疑問を投げる。

「芸人さんの能力があったら、ユーチューバーとしても成功しやすいんですか？」

「ええ、そうですね。今の若いユーチューバー達は、一昔前ならばお笑い芸人を目指していてもおかしくない人たちですから。誰でも気軽に発信できるＹｏｕＴｕｂｅという新しいメディアができたから、彼らはユーチューバーになりましたけどね」

そう元気が説明すると、虎太郎が少し悔しそうに言った。

「今の人は羨ましいね。勇吾が若い時にＹｏｕＴｕｂｅがあったらなって思ったよ」

そこで海香は合点した。だから虎太郎は、勇吾がユーチューバーになって嬉しそうだったのだ。

興味津々という感じで一休が尋ねる。

「勇吾さん、芸人時代はどうだったんですか？」

ぶっきらぼうに勇吾が返す。

「まったくだよ。ちっとも売れねえ」

「そんなことないだろ。惜《お》しいところまでいったじゃないか」

虎太郎が訂正すると、勇吾が声を大きくする。

「どこが惜しいんだ。くそっ、ずっと隠してたのにベラベラ喋りやがって」

勇吾が虎太郎を睨《にら》むと、虎太郎はわざとらしく肩をすくめた。

海香は声を上げた。

「お父さんが有名になってテレビに出たいのはわかったけど、私はいいね。もう勇吾ＴＶに出たくない」

勇吾の野望なんか、海香にとっては知ったことではない。

「ダメだ。おまえは必要だ」

「なんでね」

「……子供が出た方が再生回数が上がる」

そのあまりに身勝手な言い分に、海香は気持ちが切れた。

「もう絶対出ない！　一人でやれ！」

そして怒声を浴びせ、自分の部屋へと戻った。

＊

台風対策をするから、と元気、一休、唯がそれぞれ用意をはじめる。

四人がいなくなったのを見計らい、勇吾はぼそりと言った。

「……なんで芸人のことなんか言いやがったんだ」

仕方なさそうに虎太郎が応じる。

「まあいい機会だったじゃないか。海香ちゃんは知らないけど、元気君と一休君は気になってた感じがしたからさ」

「うるせえよ」

そう言うと、昔のことが思い出された。必死でネタを考え、舞台で声を張り上げていたあの頃を……そしてぽつりと呼びかけた。

「……虎太郎」

「なんだ?」

「……助かった。ありがとな」

虎太郎が大きく頬を緩めた。

十一年前　東京

爆笑に包まれて、勇吾は舞台袖に戻った。

乱れた息を整えながら、大きな満足感を味わっていた。芸人にとって客の笑い声は、どんなご馳走よりも勝るのだ。

ここ一年、調子はずっと上向きだ。周りの芸人や社員からの評価、何よりお客さんの反応が以前とはまるで違う。

これならば近々売れる。ただそうは思うものの、芸人の世界はそんなに甘いものではないことも重々承知だ。

チャンスだ。チャンスを摑まなければならない。売れるには何かのきっかけが必要となる。そのきっかけとは、テレビ出演以外にない。

どうしても、どうしても、何がなんでもテレビに出たい……勇吾はそう渇望していた。

狭い楽屋は芸人でいっぱいだ。その男臭い匂いに思わずむせ返りそうになるが、その匂いを発しているのは自分自身でもある。

我慢しながら汗を拭いていると、マネージャーが来て手招きをした。

「勇吾、ちょっと話あるんだ。いいか？」

他の芸人達が勇吾の方を一斉に見る。その視線を感じて、ふと勇吾は正樹の言葉を思い出した。

『良いニュースと悪いニュースがあるんだ』

みんなの前で話せないということは、その二つのうちどちらかだということだ。

マネージャーと会議室に入り、席に座る。良いニュースか悪いニュースかどっちだ？　マネージャーの顔色を見て判断しようとするが、まったく読み取れない。それは勇吾のもっとも苦手とする分野だ。

すると、マネージャーが破顔した。

「喜べ勇吾、おまえ新番組のメンバーの候補に選ばれたぞ」

勇吾は思わず立ち上がった。

「……新番組ってもしかして『ゴラッソ』ですか」

「そうだ」

噂は本当だったんだと身震いした。

ゴラッソとは、若手芸人の中から新しいスターを発掘する番組だ。テレビ局が総力を挙げて企画しているという噂が流れ、もしその噂が真実だとすれば、一体誰が選ばれるだろうと、芸人達は戦々恐々としていた。

「ある方がおまえの舞台を見てくれてな。それで選んでくれたんだ」

「ありがとうございます」

深々と頭を下げる。おそらくマネージャーもいろいろ尽力してくれたのだろう。芸歴を重ねてきたのだから、それぐらいはわかる。

だがそこで、マネージャーが声を硬くした。

「喜ぶのはまだ早いぞ。候補に選ばれただけだからな」

「わかってます」

確かにそうだ。レギュラーの座を勝ち取るまでは油断は禁物だ。

「おまえ勝負ネタはいくつある？」

「……二つですね」

「オーディションでは三ついるそうだ。一ヶ月後のその日までにもう一つ作れ」

「一ヶ月後ですか……」

拭いたはずの汗がまた滲み出る。勝負ネタというのはそう簡単に作れるものではない。舞台にかけて客の反応を見て、何度も何度も試行錯誤をくり返して作るものだ。一ヶ月ではあまりに短すぎる。だがこんなチャンスは二度と訪れるものではない。

「できるか？」

マネージャーの問いに、勇吾は張りのある声で応じた。

「やります。ぜひやらせてください」


劇場を出ると、勇吾は自宅アパートに直行した。早急に新ネタを考える必要があるのだ。いつものように劇場終わりのパチンコはなしだ。

そうだ。早苗には教えてやるか。そう思って携帯電話を取り出したが、その手を止める。報告するのはレギュラーになってからでいい。

早苗との仲は良好だ。ただずっと口説いているのだが、「売れたらいいけどね」と早苗は毎回はぐらかすのだ。

しかし早苗が、自分に好意を持っていることに疑いの余地はない。それは錯覚ではない。売れていない勇吾は嫌だが、売れてる勇吾ならば付き合ってくれるのだ。そういう現金さも可愛い。

つまりゴラッソのレギュラーの座を摑めば、早苗を彼女に、妻にできる可能性が飛躍的に上がる。このオーディションには、勇吾の二つの夢が乗っているのだ。

扉を開けると、虎太郎がいた。呑気にアイスを食べている。勇吾を見るとすぐにアイスを一口で食べ、それを嚙み砕きながら訊いた。

「今日はどこ行こうか？　安くて旨い焼き鳥屋見つけたんだ。そこにしようか？」

勇吾は鞄を床に置いて返す。

「そんなことしてる暇あるかよ」

「何かあったの？」

「聞いて驚け。なんとゴラッソのレギュラー候補に選ばれたんだよ」

「ゴラッソって、前に勇吾が言ってた番組のことか？」

「そうだよ。そのゴラッソだよ」

「すごいじゃないか。勇吾。おめでとう」

手放しで虎太郎が褒め称えてくれる。その目には涙が浮かんでいた。

その涙を見て、勇吾ももらい泣きしそうになるが、それを寸前で堪える。

「馬鹿、まだ候補に選ばれただけだからな。これから一ヶ月後のオーディションに向けて勝負ネタを一本作らなくちゃならねえ。喜ぶのはレギュラーに選ばれてからだ」

「そうか。じゃあ焼き鳥屋に行ってる暇なんてないな……でも、バイトはどうするんだ？」

「それが問題なんだよ……」

一ヶ月後にオーディションがあると聞いて、真っ先に浮かんだのが正樹の顔だった。ネタを作るためにはバイトの時間を削らなければいけない。だが最近、勇吾の次に経験のあるバイトが辞めたばかりだ。あとは新人が何人かいるだけで、自分の穴は埋められそうにない。

勇吾は腕を組んで尋ねた。

「正樹さんって今どんな感じなんだ？　冴子さんは戻って来たのか？」

そういう部分は虎太郎の方が詳しい。

「いや、音信不通で行方もわからないそうだよ。あと正樹さんすごい迷ってたけど、最近離婚届を役所に提出したそうだよ。冴子さんには戻って来て欲しいけど、もし冴子さんが新たな人生を歩もうとした時に、籍が残ったままだと再婚できなくて困るかもしれないってさ」

どこまで人がいいんだ、と勇吾はため息を吐いた。正樹は勝手に出て行った冴子の第二の人生まで慮《おもんばか》っているのだ。自分ではとても考えられない。

暗い顔で虎太郎が続ける。

「仕事中は麗ちゃんを夜間保育の保育園で預かってもらってるそうだよ。仕事が終わった三時とか四時に迎えに行っているらしい。でも朝と昼は正樹さんが面倒見ないとダメだから、正直ほとんど寝てないいんじゃないかな」

正樹の過酷な現実を知って、勇吾は暗澹《あんたん》たる気持ちになった。子育てなど別にたいしたことではない。今でもそう思うが、男一人で働きながらとなると話は別だ。しかも居酒屋の店長は激務なのだ。

虎太郎が補足するように言う。

「それでも、どうにか時間を作って冴子さんを探してるそうだけど……」

「正樹さん、警察に相談とかしてないのか？」

「警察に言っても動いてくれないいんじゃないか」

「じゃあ探偵事務所とか興信所に頼むとか」

「あれってすごいお金かかるらしいぞ。正樹さんに、とてもそんな余裕はないいんじゃないか」

人を探すには時間もお金もかかるのだ。現実の無情さが勇吾の胸を染めていく。

しかしこの一ヶ月は、勇吾にとって大事な時間だ。芸人を辞めたある先輩がこんなことを言っていた。

『どんな芸人にも必ず一度はチャンスが来る。売れた芸人はそのチャンスをもれなく摑んでいる。残念だけど俺はそれを摑めなかった……』

その先輩の悔しそうな表情は、今も目に焼き付いている。

おそらくこのチャンスを摑めるかどうかに自分の芸人人生がかかっている。正樹には申し訳ないが、シフトを減らしてもらえるように相談する他ない。

「……俺、今から正樹さんに頼んでくる」

とても電話で頼める用件ではない。僕も一緒に行くよと言う虎太郎と、二人で店に向かった。

勝手口から店に入ると、正樹が仕込みをしていた。その疲れた横顔を見て、勇吾は胸が痛んだ。

勇吾と虎太郎の存在に気づき、正樹が微笑んだ。

「どうしたんだ。二人とも」

自分の疲れを悟られないために、咄嗟《とっさ》に笑顔を作ったのだ。その笑みを見て、勇吾は言葉が出なくなり、妙な間が生まれた。

その機微を察したのか、虎太郎が代わりに言った。

「正樹さん、勇吾がテレビ番組のレギュラー候補に選ばれたんです。一ヶ月後にオーディションがあって、それに合格すればその番組のレギュラーになれるんですよ」

「それはおめでとう」

正樹が喜んでくれている。だがその喜ぶ様が、勇吾の喉に蓋をする。やはり今の状況で、バイトのシフトを減らしてくれなんてとても言えない。

正樹が穏やかな声で言った。

「シフトのことは気にしなくていいから。一ヶ月間じっくりネタを考えて、オーディションに挑んでよ」

勇吾は目を見開いた。

「……正樹さん、なんでそれを」

声が震えた。

「もう長い付き合いだからね。勇吾君と虎太郎君の顔見たらすぐにわかるよ。芸人さんが一つネタを作るのに、たくさんの時間と労力が必要なこともね。そんな大事な番組のオーディションなんだ。勇吾君にしたら、人生で一番の大勝負だろ」

「……はい」

「じゃあ協力させてよ。親友なんだからさ」

そうだ。正樹は、正樹はこういう人間だ。自分がどれほど大変で辛くても、他人を優先してしまう。そんな人柄に、勇吾も虎太郎も惹かれているのだ。

「僕は残念ながら漫画家という夢を断念した。だからさ、勇吾君には夢を叶えて欲しいんだ。芸人として成功するという夢をね」

勇吾は確認するように言った。

「……正樹さん、一つ訊きたいことがあるんです」

「なんだい？」

「正樹さん、本当に漫画家の道をあきらめて後悔してませんか？　結婚もせず子供なんてつくらなければよかった。そうは思いませんか？」

「おい、勇吾」

虎太郎がたしなめるように言うが、勇吾は正樹から目を離さなかった。

やはり勇吾には、今の正樹の生き方が残念でならない。正樹の漫画の面白さも、人格の素晴らしさも両方知っている。だからこそ、正樹には夢を叶える道を選んで欲しかったのだ。

「もちろん後悔はしていない……と言ったら嘘になるかもね……」

やっぱりか、と勇吾はうなだれた。申し訳ないが、この気持ちばかりは虎太郎にはわからないだろう。

「今だから話すけど、冴子が妊娠したとわかってから子供が産まれるまで、僕はずっと悩んでいた。果たして、漫画家の道をあきらめたのは正しかったのかって……画力っていうのは常に絵を描いていないと衰える。ピアニストが毎日練習を必要とするように、絵描きも毎日絵を描かなければならないんだ。

漫画を描かなくなって二ヶ月経ったころかな。我慢できなくなって試しに描いてみたんだ。その絵を見て愕然としたよ……下手すぎてさ。そしてつい泣いてしまった。僕はなんてことをしたんだって……」

その沈んだ声を聞いて、勇吾は胸がしめつけられた。日々磨いてきた技術が衰えるのを目の当たりにする。それほど辛いことはない。

「でも今さら漫画家の夢を復活させるわけにもいかない。そんなぐじぐじした気持ちのまま月日が経ち、とうとう子供が産まれたんだ」

覚えている。そろそろ子供が産まれると知らされ、正樹がそわそわしていたことを。そして仕事が終わるや否や、飛び出すように店を出て行ったことを。

「それでさ。産まれた赤ちゃんを見た瞬間、その気持ちが全部吹っ飛んだんだ。ああ、僕の選択は間違ってなかったんだって……」

「どういうことですか？」

勇吾には皆目理解できない。

「……自分でもわからないんだ」

ぽかんとする勇吾を尻目に、正樹が微笑みまじりに首を振って、自分の手のひらを見つめた。

「ただその後すぐに子供を抱いて、なぜ自分がそう思ったのかすぐにわかった。この子を無事に、立派に、なんの不自由も不幸もなく育てる。それが、漫画家に代わる僕の新たな夢になってたんだ……」

その姿を見て、勇吾はつい目をこすった。正樹の手のひらに、本当に赤ちゃんがいるような気がしたのだ。

そして正樹が顔を上げる。

「でもさ、勇吾君には二つの夢を叶える可能性があるんだ。芸人として成功すること。そして早苗ちゃんと結婚して可愛い子供をつくること」

「はい……」

「じゃあ僕はその勇吾君の二つの夢を応援するよ。店のことは気にしなくていいからさ、見る人みんなを幸せにするようなネタを作ってよ」

清々しい表情で、正樹が勇吾の肩に手を置く。正樹の気持ちが伝わり、勇吾の胸が震えた。

「……すみません」

頭を下げると、涙が一粒床に溢れ落ちた。

# 10

海香は平良《ひらら》にあるオバアの家にいた。

和室には古ダンスとちゃぶ台があり、壁には麦わら帽子がかかっている。

窓ガラスの隙間には新聞紙を入れ、雨戸も全部締め切っているのでずいぶんと暗い。この暗さこそがオバアの家だと、記憶の中に染みついている。

台風は島に上陸している。雨戸が激しい音を立てていた。すべてを殴り倒すような勢いだ。もう慣れてはいるのだが、それでもおっかない。

「やっぱりすごいね。宮古島の台風は」

元気が声をかけてくる。台風の時は、海香を含めた全員がこの家に避難するのだ。

「東京はそんなことないの？」

「まあ台風が来てもこんなにすごくはないね」

「そうなんだあ」

すると、しわがれた声が入ってきた。

「海香、元気、サーターアンダーギー作ったから食べや」

振り返るとオバアがいた。花柄の半袖シャツに縮緬《ちりめん》のエプロンを着て、頭にバンダナのようなものを巻いている。いつものオバアの格好だ。

「オバア、ありがとう」

早速ちゃぶ台に置かれた皿から手に取る。甘さとカリッとした食感が味わえる。この味こそが、オバアのサーターアンダーギーだ。

「相変わらずうまいですね」

感心するように元気が頬張っている。元気の大好物だ。

「うばーたあるからいっぱい食べ」

顔をしわくちゃにしてオバアが勧め、それから、まじまじと海香を見て言った。

「海香は、よう勇吾に似てきたなあ」

「またそれね。もういいさあ」

うんざりして海香は言う。オバアは海香に会うと必ずこう言うが、思春期の女子ということを少しは考えてほしい。

「あば、勇吾と一休はどこ行った？」

「傘を使って飛ぶと言って、出て行きましたよ」

そう元気が答えると、オバアが吐き捨てた。

「あのプリムヌが。まだそんなことしとるんね」

プリムヌは馬鹿という宮古島の言葉だ。

「まだってどういうことね？」

海香が訊き返すと、オバアが呆《あき》れながら答えた。

「あれがまだ海香ん時ぐらいに同じことやったんね。それで電柱にぶつかって足の骨折る大怪我しよった」

「信じられない。そんな怪我したのに大人になっても同じことしとるんね……」

海香は啞然とした。

「……勇吾さんと一休さん大丈夫かな」

元気が声を落とすと、また雨戸がガタガタと音を立てた。その不気味な響きが、海香を不安にさせる。

すると玄関から大きな音がし、勇吾と一休がどやどやと入ってきた。勇吾が興奮気味に言った。

「おう、すげえの撮れたぞ。こりゃ再生回数とんでもねえぞ」

一休がそれに重ねてくる。

「勇吾さん、マジでぶっ飛んで行くんですもん。俺、このまま台湾まで行くんじゃないかってひやひやもんでしたよ」

心配して損した……海香がうなだれると、オバアが大声で叱った。

「ええ年して何みーちゃぎなことやっとるんね。びしょ濡れやないか。はよ風呂入ってこい」

慣れたように勇吾があしらう。

「わかった、わかった。一休、こりゃいい動画だからすぐにアップしよう。この手のもんはスピードが大事だからよ」

「わかりました」

そう言いながら二人で風呂場の方に向かっていった。

翌日、海香は学校に向かった。

台風が去り、空は晴れ渡っている。雲ひとつない晴天だ。台風が根こそぎ空の汚れを奪い去ってくれたのだ。

だが教室に入るとすぐに異変に気付いた。いつもは知念を中心に男子達に囲まれる。そして口々に勇吾TVの感想を述べるのだが、今日は何もない。

ちらっと男子達を見ると、どこか意気消沈している様子だ。しかも海香に向けて当惑したような目線をぶつけてくる。怪訝に思いながら席に座り、隣の萌美に尋ねた。

「ねえ、どうしたんね？」

驚いたように萌美が返す。

「海香知らんね？　知念、昨日の勇吾TVの台風の動画見て、自分も真似したんだって。それで怪我した」

海香は血の気が引いた。

「嘘っ！　それで知念は……？」

「怪我っていっても足の捻挫《ねんざ》ですんだらしいね」

ほっと胸を撫でおろしたが、まさかこんな事件が起きるなんて……勇吾が過激で危険なことをやれば、それを真似る知念のような子供も出てくるのだ。

学校が終わると、海香は急いで帰宅した。

家に入ろうとすると、ちょうど中年の女性とすれ違った。御機嫌斜めという感じで立ち去って行く。あの顔は授業参観で見覚えがある。知念の母親だ。

リビングに全員がいた。勇吾が不機嫌そうに頬杖をつき、他の人間が陰鬱な顔をしている。

海香が元気に尋ねた。

「ねえ、どうしたんね？」

「さっき海香ちゃんのクラスの知念君のお母さんが来てさ。勇吾TVのせいで知念君が怪我をしたってすごい剣幕で怒られたんだ」

やはりそうだったのか、と海香は気持ちが沈んだ。

「……それでどうしたんさあ？」

「僕が謝ってなんとか穏便に帰ってもらったよ」

そう元気が言ったので、海香はささくれた声で訊いた。

「お父さんは謝らなかったんね？」

勇吾が不満そうに返す。

「なんで俺が謝らねえといけねえんだ」

「だってお父さんの動画見て、知念怪我したんだよ」

「そんなもん、そいつのせいじゃねえか。だいたいよ、自分の子供が無茶したのをなんで俺のせいにすんだよ。それは親の責任じゃねえか。ほんと怒鳴りつけてやろうと思ったけど、俺は我慢して堪えたんだぞ」

むしゃくしゃした様子で、勇吾がティッシュで鼻をかんだ。昨日台風の中で騒いだので、風邪をひいたみたいだ。

元気が諭すように言う。

「勇吾さん、さすがにもう過激なことはやめた方がいいんじゃないですか」

「なんでだ。昨日の台風傘の再生回数すげえじゃねえか。みんなそういうのを見たがってるんだよ」

「でもその分コメント欄も荒れてますよ。それにこの調子だと、また知念君のような子供が出てくる危険性もあります」

鋭い元気の指摘に一瞬勇吾は詰まったが、すぐに居直るように言った。

「うるせえ。再生回数は上がってんだ。俺は間違ってねえ。それに子供が真似するってんなら、子供が真似できねえくらいすげえことやりゃいいだろ。おい、一休」

「なんですか？」

「おととい頼んでた火綿《かめん》がたんまり手に入ったからよ。それで動画やるぞ。今日は気分変えてライブでやるか」

分《ぶ》が悪いので、一休の編集の手間を減らすためにライブをするという意味だろう。勇吾の考えていることなど手に取るようにわかる。

「火綿ってなんね？」

海香が尋ねると、一休が答えた。

「……マジックとかでよく使う、火をつけるとボンッて燃える綿だよ」

「またそんな危ないこと」

海香は呆れたが、勇吾が怒鳴り声を上げる。

「うるせえ。何が危ないだ。それだったらマジシャンは全員危ないだろうが。おまえらは過保護の母親か。知念ママか！」

そう言ってティッシュの箱を奪い取り、奥の部屋へと引っ込んだ。

そしてすぐに勇吾の声が聞こえてきた。早速ＹｏｕＴｕｂｅをライブで配信しているのだろう。

元気がぽつりとこぼす。

「有名になりたいか……」

虎太郎が言う。

「勇吾のことかい？」

「ええ、まさかそこまで勇吾さんが有名になりたいとは思ってなかったんで……」

一休がそれに賛同する。

「俺も……最初はいつもの金儲けだとしか思ってなかったんですけど、勇吾さんがここまで本気になるなんて……」

そこで唯が疑問を投げる。

「あきらめた芸人さんの夢を取り戻すためだとしても、ちょっと変ですよね？」

海香は首を傾げる。

「変って何が？」

「有名になりたいのはわかるけど、なんだか勇吾さん焦ってるように見えて……」

唯の指摘に加わるように、元気が腕を組んで言った。

「確かに今の勇吾さんは焦っているように見える。何をそんなに焦っているんだろう……？」

そう、その表現がぴたりとくる。勇吾は焦っている。でも焦るなんて、一番勇吾らしくない行動だ。

その時、何かが匂ってきた。

「ねえ、なんか匂わない……」

かすかだが焦げ臭い匂いがする。ぎょっとしてキッチンを見たが、コンロに火はついていない。

「ほんとだ。何か焦げてない？」

一休が顔をしかめている。元気は、何かに気づいたように言った。

「そういえば勇吾さん、火綿使うって……それにあの人、苛々した時はタバコ吸うから、もしかしてタバコ吸いながら中継してるんじゃ。鼻水で鼻も利かないみたいだし……」

その瞬間、虎太郎が突然走り出した。それに元気、一休、唯。海香も続く。

虎太郎が勇吾の部屋の中を見て、大声を上げた。

「勇吾、火、カーテンが燃えてるぞ！」

「何！」

海香も部屋の中を見る。カーテンに火がついていた。カーテンはちょうど勇吾の背後にかかっているので、気づいていなかったのだ。しかもそれがたくさんのダンボールに燃え移っている。全部、撮影に使うために買ったグッズの空き箱だ。

勇吾が側にあった座布団ではたくが、火は一向に小さくならない。逆に大きくなっている。

「消火器、消火器」

慌てふためいた一休が叫んでいるが、それを元気が止める。

「あそこまで火が広がっちゃ消火は無理だ。全員逃げて！」

いつも落ちついている元気が、大声を上げている。その声を聞いて、事態の深刻さがわかった。

海香は体全体に炎の熱を感じた。それは体感したことがないほどの熱さだった。その灼熱と揺らめく炎に呆然とした。

「海香ちゃん！」

元気が手を引っ張った。はっとして、家の外へと一目散に逃げる。

元気と二人で砂浜にたどり着く。唯、虎太郎、一休、そして勇吾もやって来た。

炎は広がり、他の部屋も燃えているようだ。黒煙が舞い上がり、息が苦しくなる。

「もっと離れよう。消防署に連絡したから消防車もすぐに来る」

元気の言葉に全員が距離を置き、燃え盛るゆいまーるを見つめた。

遠くからサイレンの音が響き、野次馬が集まって来た。

海香は、ぼんやりと炎に包まれる我が家を眺めていた。思い出が、海香が生まれ育った思い出すべてが、灰になってしまう……。

そう思うと頬を涙が伝った。まるで今目の前で揺れる火に触れたような、熱い、熱い涙だった。

「ねえ、元気君。燃えちゃう。家が、ゆいまーるが燃えちゃうよ」

我慢できずに元気のシャツを引く。

元気は何も言わずに、海香の頭を撫でた。その顔は、これまで見たこともないほど悲しそうだ。

元気にとっても、ゆいまーるは海香以上に大事なものだったのだ。

海香の目からさらに涙が溢れ落ちる。

「うっ、うっ……ゆっ、ゆいまーるが」

一休が膝を崩して泣いている。唯と虎太郎の瞳からも涙がこぼれ落ちている。

我慢できずに海香は怒鳴った。

「お父さんのせいだよ。全部、全部、お父さんのせい！　私の、元気君と一休君の、みんなの家を返して！」

勇吾の表情が一瞬歪んだが、海香を無視するように前の方を向いた。そして、ただただ燃えるゆいまーるを静かに眺めていた。

## 11

一週間後、海香は丸焦げになった家を眺めていた。

コンクリート造りなので崩れてはいないが、真っ黒になって原形はない。中のものはすべて灰になってしまった。

幸いにも海辺の一軒家なので、周りに火は広がらなかった。さらに元気の迅速な対応のおかげで、誰一人怪我がなかった。それだけが唯一の救いだ。

ランドセルの肩紐にそっと手を触れる。これと母親の早苗の遺影だけが、火事から持ち出せた品だった。元気が持ってきてくれたのだ。その二つが海香にとっていかに大事なのかを、元気は知っていたのだ。

この火事は大ニュースとなった。

人気ユーチューバーがＹｏｕＴｕｂｅの配信中に火事を起こしたのだ。これほど格好のニュースはない。勇吾は世間から大きく叩かれた。

ユーチューバーというのは注目を集めるためならば、今回のような危険なことや法令を破るようなことでも平気でやる。早急になんらかの対策を施すべきだと、テレビのワイドショーでは中年のコメンテーターが目を吊り上げて非難していた。

さらに勇吾は火事の動画をＹｏｕＴｕｂｅにアップし、それを削除しなかった。海香を含めた全員が反対したのだが、一切耳を傾けなかった。そして、その行動も批判された。

火事の動画は大々的にテレビで放送された。勇吾ＴＶで人気のあったドッキリ企画なども取り上げられている。海香も顔にモザイクをかけられてはいるが、テレビに映っていた。

テレビに出て有名になりたいという勇吾の夢は叶った。だがその思惑とは違い、世間から叩かれる存在として名が知られてしまった。

勇吾ＴＶのコメント欄は荒れに荒れている。好意的なコメントは一切なく、罵詈雑言《ばりぞうごん》の嵐だ。これが真の〝炎上〟だという言葉が、ＳＮＳで拡散されていた。

さすがに見かねたのか、勇吾ＴＶはもう閉じた方がいい、と元気は勇吾に助言した。だが勇吾はその意見を聞き入れずに放置した。

火事で何もかも失ってまでも、まだＹｏｕＴｕｂｅに未練があるのか、と海香は腹が立って仕方なかった。

非難の声はテレビやネット上だけではない。戻した手のひらをまた返すように、宮古島の人々も勇吾を責め立てた。迷惑だから宮古島のPR動画も削除してくれとものすごい剣幕で怒ってきた。あれだけ勇吾に群がっていた人たちは、潮が引くように去って行った。

ふうと息を吐くと、海香は平良のオバアの家へと戻った。

今はここが海香の家となっている。勇吾だけでなく、元気、一休も一緒に住むことになった。もうこの二人は家族も同然だからなんの違和感もない。オバアも何も言わずにみんなを受け入れてくれた。

「ただいま」

浮かない顔で扉を開けると、元気と一休が出迎えてくれた。

「おかえり」

虎太郎が手を上げた。果物や肉の差し入れを持って来てくれたのだ。

ちらりと縁側の方を見ると、勇吾がしょんぼり座っている。火事以来、雨に濡れたチンパンジーのようになっている。

燃える家の前で勇吾を責め立ててから、海香は勇吾と一切口を利いていない。勇吾のやったことは、到底許せるものではない。顔を見るだけでむかむかしてしまう。

その苛立ちを追い払うように、海香は乱暴にランドセルを置いた。

背中越しに大きな音が響いた。海香が帰って来たみたいだが、とてもその顔を見る勇気がない。火事に対しての怒りがまだ消えていないことが、ランドセルを置く音でわかる。

ふと庭を見ると、ポツポツと雨が降っていた。宮古島特有の豪快なスコールのような雨ではない。空の蛇口から漏れ落ちるような雨だ。

「東京の雨みたいだな……」

虎太郎が横に座り、遠い目をして言った。

「あの時もこんな雨だったたな……」

勇吾もその曇り空を眺めながら言った。

「そうだな……」

そしてあの東京の一夜を思い出した。

*

十年前　東京

勇吾はキャベツを切りながら時計を確認した。

今は夕方の四時だ。オーディションは十時からなので、あと六時間後には運命の一戦に挑まなければならない。テレビで働く人間はみんな忙しいので、こんな遅い時間にオーディションが行われるのだ。

どうにも落ち着かず、包丁を取り落としそうになる。

「ごめんね。オーディション当日なのにシフト入ってもらって」

隣にいる正樹が謝る。

「いや、当日はやることないですから。この一ヶ月、本当に申し訳なかったです」

勇吾の不在は、すべて正樹が埋めてくれた。この一ヶ月の正樹への負担は相当なものだっただろう。顔色を見ても、疲れが色濃く出ている。

ただそのおかげで、納得のいくネタを作ることができた。正樹のためにも、このオーディションはどうしても成功したい。

「絶対勇吾君ならうまくいくよ」

「いやでも緊張で、もう手に汗かいてます」

勇吾は手のひらを見せる。

「ほんとだ。びっしょりだね」

「そうでしょ。もう本番大丈夫かって心配ですよ」

「でも緊張するっていうのはいいことだよ」

「どうしてですか?」

「勇吾君は緊張を力に変えられる人だからね。緊張すればするほどいいんじゃないかな」

そう正樹が笑顔で励ましてくれる。なるほど、そう考えればこの緊張感も頼もしく思うことができる。

「ありがとうございます。なんだか楽になりました」

礼を言うと、正樹が思い出したようにぱんと手を叩いた。

「今日さ、店の営業時間終わりに集まれないかな。明日は店も定休日でゆっくりできるし。実はもう虎太郎君も呼んでるんだ」

「オーディションが終わったら何もないのでいいですよ。でも、どうしてですか？」

「実はさ、今日子供の一歳の誕生日なんだ」

「そうでしたね！　おめでとうございます。麗ちゃんもう一歳ですか」

早いものだ。麗が生まれたという報告を聞いてから一年も経ったのだ。

正樹は目を伏せて黙り込んでいる。不意打ちのような沈黙に、勇吾は首をひねって訊いた。

「……正樹さん、どうしたんですか？」

「ごっ、ごめん。なんでもない。それでさ、うっ、麗の誕生日祝いをやりたくてね。まあその時間には寝ちゃってるから寝顔を見ながらって感じになるだろうけど」

「いいですね。ぜひやりましょう」

虎太郎は麗に会ったことはあるが、勇吾はまだ顔を見ていない。子供のために漫画家の夢をあきらめる正樹に対して、わだかまりがあったからだ。

でも今はもうそれがない。罪滅ぼしと言ってはなんだが、麗の誕生日を精一杯祝ってやろう。

正樹が重々しく切り出した。

「……あとさ、一つ勇吾君に謝らなくちゃならないことがあるんだ」

その沈み具合を見て、勇吾はどきりとした。どうやら大事《おおごと》らしい。

「正樹さん、すみません……それって俺が買って冷凍庫に入れてたアイスを黙って食べちゃったレベルのことですか？」

「そんなレベルじゃないよ。結構重要なことなんだ……」

深刻そうに語る正樹に、勇吾は即座に返した。

「すみません。正樹さん、それって今度じゃダメですかね。オーディションの前なんであんまり暗い話は勘弁してもらいたくて……」

沈んだ気持ちで本番に望みたくはない。

「そうか、ごめん……でも、どうしても今日中に謝っておきたいんだよ」

正樹らしくない言い回しだ。それほど重要なことなのだろうが、勇吾にはさっぱり心当たりがない。

「じゃあこうしましょう。それって手紙にしてもらえませんか。オーディションが終わったら必ず読むんで」

「なるほど。じゃあ、すぐ書いてくるね」

眉を開いた正樹が控え室の方に入った。

しばらくすると、店の電話が鳴った。

「おう、出前頼みたいんやけどええか」

常連のお客さんだ。この居酒屋は出前を受け付けてないが、常連だけは特別にその要望に応えている。ただ勇吾がシフトを抜けるこの一ヶ月間は、その出前を断っていた。

「すみません。今ちょっと出前の方が……」

やんわり断ろうとすると、その客が早口で言う。

「十一時に刺身の盛り合わせうちに持ってきてくれ。頼んだぞ」

ちょうど勇吾のいない時間だ。

「いや、その時間は……」

「ほな頼んだで」

勝手に電話を切ってしまう。

それから少しして正樹が戻って来た。手には封筒があり、それを勇吾に差し出した。

「はいこれ。絶対に読んでね」

「わかりました。必ず読みます」

そう言って自分の鞄にしまうと、正樹が訊いてくる。

「さっき電話があったみたいだけどなんの電話だった?」

「あっ、榊《さかき》さんが出前を十一時に頼みたいそうなんですよ。断ろうとしたらその前に電話を切られてしまって」

「あの人はそういう人だから。それにしても十一時か……」

正樹が難しい顔をする。バイトも抜けてちょうど人手が足りない時間帯だ。しかも榊という人は、なぜか正樹か勇吾が配達に行かないと怒るのだ。厄介だが、店にお金を落としてくれる上客でもあるのでむげにできない。

「断りの電話入れます。俺がちゃんと言っておけばよかっただけなんで」

「いいよ。いいよ。刺身の盛り合わせだろ。手が空いてる時間に作っておいて、パッと行ってくるよ。榊さんの家はバイクで十分ほどだからね」

「申し訳ないです」

勇吾は頭を下げた。


十一時前になり、勇吾はテレビ局の控え室にいた。

候補のメンバーたちが緊張した面持ちで準備をしている。どれもこれも今注目の若手ばかりだ。あきらかに自分は場違いだ。

ＡＤに呼ばれて会議室の中に入った。いつものテレビ番組のオーディションと違い、人数が多い。スタジオ収録で使う大型のカメラまである。

緊張感で喉が締めつけられそうになった瞬間、正樹のあの言葉を思い出した。

『勇吾君は緊張を力に変えられる人だからね』

そうだ。これを力に変えてネタをやるだけだ。直前でそう開きなおった。

そして三分後、爆笑が巻き起こった。

オーディションというのは、目の肥えたスタッフの前でネタを披露するので、よほどのことがなければウケない。ところが今は、そんなスタッフから笑いが巻き起こっている。

特に最後のネタがとびきりウケた。正樹の協力で考えることができたネタだ。舞台にかける間もなかったのでぶっつけ本番だったが、信じられないほどの笑いが起きたのだ。

「以上です。ありがとうございました」

頭を下げると、拍手が起きたほどだ。

部屋を出る。興奮した状態で廊下を歩いていると、

「勇吾君、勇吾君」

誰かに呼び止められた。振り向くと、そこにプロデューサーがいた。ゴラッソのチーフプロデューサーだ。

「いやあ面白かった。最高だった」

「ほんとですか。嬉しいです」

わざわざ個別に言いに来てくれたのだ。プロデューサーは周りを見渡してから、ひそひそと耳打ちした。

「他の候補者には言わないで欲しいんだけど、勇吾君はさっきのでレギュラーに決定したから」

「マッ、マジですか！」

つい大声が出てしまい、プロデューサーが口に指をあてる。

「しっ！　声が大きい」

「すっ、すみません」

「勇吾君のキャラは他じゃはまらなかったかもしれないけど、うちの番組向きだよ。結果が出るまで待ってもらうのも気の毒だからね。三ヶ月後には記者会見を大々的に行う予定だから。よろしく頼むよ」

そう言って勇吾の肩を叩き、姿を消した。

勇吾は拳を上げ、口を大きく開いた。

「よっ、よっしゃ……ガッ、ゴホ、ゴホ」

歓喜の雄叫《おたけ》びを上げそうになったが、その寸前で押し殺したので、思わずせき込んでしまった。

だがそれすらも、今の勇吾には快感だった。


テレビ局を出て、居酒屋に向かう。外はしとしとと雨が降っているが、傘なんてささなくてもいい。今は嬉しさが雨を吹き飛ばしてくれる。雨の中をバレリーナのように飛び跳ねているので、道行く人がぎょっとしていた。ほんとはその一人一人を抱きしめてやりたいぐらいだった。

居酒屋の勝手口を開けて、勇吾は叫んだ。

「まっ、正樹さん聞いてください。俺、やりましたよ」

だがそこに正樹はおらず、虎太郎がいた。虎太郎は察したように顔を輝かせる。

「勇吾、オーディションうまくいったのか？」

「おう、バッチリよ。レギュラーに選ばれた」

「やったな。やったな」

手と手を取り合って、ぐるぐると喜びの舞いを踊る。虎太郎が、涙ぐみながら言った。

「ほんとよかったな。勇吾、頑張ったもんなあ」

その涙を見て勇吾も目頭が熱くなる。涙が出そうになるのを堪えて、明るい声で言った。

「ゴラッソのレギュラーになったんだから、早苗ちゃんに早く教えてやろっと」

「そうだな。芸人として成功するチャンスを摑んだんだ。早苗ちゃん、本当に付き合ってくれるんじゃないか」

「当たりめえだ。なんせゴラッソ芸人なんだからな。そして早苗ちゃんと結婚して、子供をつくって……」

「名前は海香ちゃんだろ」

虎太郎が嬉しそうに言った。勇吾は指を鳴らした。

「そうそう海香だよ。俺と早苗ちゃんの子供だから可愛いに決まってるだろ。そうなると芸能界もほっとかないか。俺との親子共演もあるな。ああ、どうしよう？　俺の娘と公表して二世タレントとしていくか、デビュー直後はそこは隠しといて、後々海香はあの勇吾の娘だというパターンでいくか。そこは迷うとこだな。あっ、海香と麗ちゃんに漫才やらせて、美人女流漫才師にする手もあるな。ちょっと正樹さんに頼んでみるか」

「どこまで想像膨らましてんだよ」

虎太郎が大笑いする。

「いいだろ。ゴラッソのレギュラーってのはそれぐらい凄いことなんだよ。……ってところで正樹さんはどうしたんだ？」

辺りを見回す勇吾に、虎太郎が怪訝そうに言った。

「いや、俺が来た時にはもう正樹さん店にいなかったんだよ。バイトの子が二人いるだけでさあ」

今日は正樹とバイトの三人でやっていた。

「……どういうことだ？」

「バイトに聞いたら、正樹さん出前に出て、すぐに戻るって言ってたみたいなんだけど、全然戻って来なくてさあ。お客さんに料理も出せないから、俺がお客さんに謝って店を閉めたんだ。バイトの子たちもさっき帰した」

嫌な想像が勇吾の胸をかすめた。

「正樹さんが店を出たのって何時ぐらいだ……」

「十一時ちょっと前って言ってたけど」

どくんと心臓が跳ね上がる。ちょうど榊へ配達している時間だ。正樹が店を放り出すわけがない。何か配達の最中によからぬことがあったのだ……。

その時、店の電話が鳴った。呼び出し音が不気味に思えてならない。

虎太郎が受話器を取り応答する。そして瞬時のうちに顔が青ざめる。勇吾は慄然とした。

電話を切り、虎太郎がこちらを見た。その目は虚《うつ》ろで、まるで焦点が合っていない。

「……虎太郎どうした？」

勇吾が尋ねると、虎太郎がぼそりと言った。

「正樹さんが、事故に遭って病院にいるって……」

その答えを聞くや否や、勇吾は店を飛び出した。


二人で病院に直行する。

受付で事情を説明すると、職員が案内してくれた。

歩きながら事情を訊く。正樹はバイクで配達中に車に轢《ひ》かれたとのことだった。雨で視界が悪く、運転手は正樹に気づかなかったということだ。

説明を聞きながら、勇吾は後悔の渦で溺れそうになっていた。もしあの出前の注文を断っていたら、正樹は事故に遭わずに済んだのだ。

自分のせいだ。自分のせいだ……それが呪詛《じゅそ》のように、勇吾の胸の内を染めていく。

職員がある部屋で立ち止まった。その扉を見て、勇吾は立ちすくんだ。足の感覚が忽然《こつぜん》と消え、立っているのかどうなのかもわからなくなる。その扉にはこう書かれていた。

『霊安室』と……。

どうにか気力を振り絞り、それを声として吐き出す。

「ま、正樹さんはもう……」

職員が気の毒そうに答える。

「お亡くなりになられてます。誠に御愁傷様です」

その瞬間、勇吾は困惑した。ほんの少し、ほんの数時間前まで正樹は生きていた。いつものように居酒屋にいて、いつものように料理を作り、いつものように柔らかな笑顔で接客していた……なのに、今はもうこの世にいない。どういうことだ？　なんでだ？　わけがわからない。

「しっかりしろ。勇吾！」

虎太郎が声を張り上げ、勇吾は我に返った。

虎太郎は、これまで見たことのない表情をしている。突然すぎて、悲しむこともできない。だから自分がどんな顔をすればいいのかもわからないのだ。

職員に案内されて中に入る。部屋はひんやりとしていて、中央に台がある。そこに白いシーツに覆われた正樹が寝ている。

職員が顔にかかった布に手をかけ、確認するように言った。

「お顔をご覧になられますか？」

はい……そう答えようとしたが、それは声にならなかった。

「はい、お願いします」

代わりに虎太郎が声を絞り出した。

職員が布をめくると、正樹の顔があらわになる。傷一つない。眼鏡はかけていないがいつもの正樹だ。死んでいるなんて信じられない。ただ静かに寝ているだけ……そうとしか見えない。

震える手で、勇吾は正樹の頬に触れた。そしてびくりとした。

冷たい……。

そしてその冷たさが教えてくれる。もう正樹は、本当に死んでしまったのだと……。

勇吾の胸の奥底から声がよじ登ってくる。それが口の端からこぼれ落ちる。

「ごっ、ごめんなさい。まっ、正樹さん、ごめんなさい……」

電話を受け取った、あの瞬間に戻りたい。あの時、俺が、俺が出前の注文を断っていたら……こんなことには……神様お願いだからあの時に戻してくれ！

勇吾は膝を崩し、嗚咽《おえつ》した。そして何度も何度も懇願し、謝った。

勇吾君、どうしてそんなことで謝るんだよ。

いつもの正樹ならそう答えてくれる。あの柔らかな笑みを浮かべて……でも、今の正樹は沈黙を保っている。口を閉ざし、何も答えてくれない。それが、勇吾には悲しくて、辛くてならなかった。

## 12

海香は砂浜に座り、一人絵を描いていた。

火事騒ぎのせいで、最近ちっとも絵を描いていなかった。元気と一休はあの衝撃から立ちなおっているが、勇吾は家に引きこもっている。オトーリをするどころか、酒の一滴も呑んでいない。

動画もＹｏｕＴｕｂｅにアップせず火事のもので止まっているが、皮肉なことに、再生回数は勇吾ＴＶの最高記録を更新し続けている。火事事件のせいで、テレビで勇吾ＴＶの存在がさらに知れ渡ったからだ。

テレビで紹介されるとここまで世間に広まるのかと、海香は驚愕した。勇吾が、テレビに映るまで有名になりたいと言っていたことも今なら理解できる。

もう冬も近い。

絵の具を重ねて色を作り、目の前の海を表現する。冬の海は夏よりも色の変わり目を描くのが難しい。慎重に絵筆をこねていると、

「すごく素敵な絵ね」

と声をかけられた。唯かと思ったが、そうではなかった。

三十代半ばぐらいの女性だった。

髪の毛を一つにまとめ、清潔感のある服装をしている。落ち着いていて、見るからに品がある感じがする。

ありがとうございます、と海香は軽く頭を下げたが、彼女の顔色が一変する。目を見開き、唇が小刻みに震えている。まるで、何か信じられないものでも見たような表情だ。

「あの、どうしたんですか？」

心配になって海香が尋ねると、彼女は震える声で訊き返した。

「もっ、もしかして、海香ちゃん？」

勇吾ＴＶを見たのだ。火事のせいで、彼女のような年齢の視聴者も増えている。おかげで海香もいろんな人に知られるようになった。

「そうですけど」

「そっ、そうなの……あなたに会いたかったわ」

そう声を漏らす彼女を見て、海香はびっくりした。その瞳に涙が浮いている。まるで憧れのミュージシャンにでも会ったような反応だ。

「急にごめんなさいね。驚かせちゃって」

彼女が慌てて涙を拭った。

「いいえ」

確かに普通ならばもっと驚いたとは思うが、不思議とおかしさは感じなかった。彼女の雰囲気のせいかもしれない。突然泣かれても、警戒を忘れるような穏やかさがある。

「じゃあ勇吾さんってどこにいるの？　さっきゲストハウスに寄ったんだけど、誰もいなかったから」

なるほど。勇吾に会いにここに来たのだ。

「お父さんならオバアの家にいます」

「申し訳ないんだけど、よかったら連れて行ってくれない？」

「……いいですけど。お父さんにどんな用ですか？」

あの騒動直後は、マスコミもこの辺りをうろうろしていた。彼女はそんな感じに見えないが、一応尋ねる。

「私、新山《にいやま》っていうんだけど、お父さんの昔の知り合いなの」

「東京の時のですか？」

宮古島の勇吾の知り合いならば、海香は全員知っている。

「ええ、そうよ」

にこりと彼女が頷く。その笑みを見て、海香はすぐに信用した。こんな優しそうな人が悪い人なわけがない。

二人で一緒に歩くと、彼女が世間話をしてくる。

「海香ちゃん学校はどう？　楽しい」

「うん。楽しいです。男子は嫌だけど」

「そうなの。おばさんも子供の頃はそうだったな。男子が大嫌いだった」

そう言ってくすくすと笑う。海香をなごませるためにこんなことをしてくれるのだ。海香の思った通り、彼女は良い人みたいだ。

それからいろんな話をした。彼女は海香のどんな話にも、大げさなほど反応してくれた。それが海香には心地よくてならない。この短い間で、海香は彼女がとても好きになった。

オバアの家に着いた。中に入ると、元気と一休、オバアはいない。隅の方で勇吾が寝転がっていた。火事以降、ここが勇吾の定位置だ。

声をかけようとしてつい言葉に詰まる。もうしばらく勇吾と会話をしてないからだ。だがどうにか声を絞り出した。

「お父さん、お客さん来てるよ……」

「誰だ。マスコミじゃねえだろうな」

勇吾がそう振り返った瞬間、海香はぎょっとした。

勇吾の顔が驚きで固まっている。放心したように口が半開きになっている。勇吾には何度もドッキリを仕かけているが、こんな反応を見たのははじめてだ。

その目線は、海香には向けられていない。その少し上……つまり背後にいる彼女を見つめているのだ。

そして、勇吾が半開きの口から声を漏らした。

「……冴子さん」

どうやら本当に、彼女と勇吾は知り合いだったみたいだ。

その冴子が頭を下げる。

「ご無沙汰してます」

そして二人で見つめ合う。とても奇妙な沈黙だった。何か言いたい気持ちはあるのだが、どうにも言葉にできない。そんな感じだった。

「冴子さん……」

我慢できずに海香がそう呼びかけると、冴子がびくりとした。

「しっ、下の名前で呼んでくれるの……」

何かとんでもないことをしたのかと、海香の方が驚いてしまう。

「えっ、冴子さんじゃないんですか?」

「うん。冴子。新山冴子よ」

冴子が頷くと、勇吾がぼそりと言った。

「……今は新山さんなんですね」

「ええ」

すると勇吾がほっとしたように言った。

「よかった。冴子さんが幸せそうで……」

心の底から安堵するような表情だ。こんな勇吾の姿は見たことがない。

「……ありがとうございます」

礼を言うと、また冴子の目が涙で潤んだ。何かその一言に、万感の想いが込められているような気がした。

食卓のテーブルに座り、二人が対面で向かい合う。海香はお茶とサーターアンダーギーを置いた。

「どうぞ」

と言って立ち去ろうとすると、勇吾が呼び止めた。

「海香、おまえも座って話を聞け」

「えっ、なんでね」

「いいから座れ」

「わかったって」

仕方なく勇吾の隣に腰を下ろす。

勇吾が大きく息を吐き、おもむろに言った。

「海香、おまえに伝えておかなければならないことがある」

真剣な口調だ。普段のおちゃらけた勇吾ではないので、海香は戸惑った。唾を呑み込んでから尋ねる。

「なんね……？」

勇吾が間髪を容れずに言った。

「おまえの目の前にいる冴子さん、彼女はおまえの母親だ」

母親……。

その言葉はちゃんと聞こえたが、意味が皆目わからない。勇吾は一体何を言っているのだ。

海香は仏壇を指差した。そこには早苗の遺影が飾られている。火事を起こしたゲストハウスから持ち出したものだ。

「何言っとるんね。私のお母さんはこの人でしょ」

勇吾が静かに首を振る。

「違う。あれは俺が昔好きだった女性だ。おまえの本当の母親、おまえを産んだのはこの冴子さんだ」

衝撃で頭がうまく働かない。私のお母さんは死んでなくて生きている。しかも早苗ではなく、今目の前にいる冴子が本当のお母さん……世界がぐるっと反転したような気分になる。

急いで冴子を見ると、彼女は神妙な顔で頷いた。勇吾の言っていることは嘘ではないのだ。

そこで海香は気づいた。

「じゃっ、じゃあお父さんと冴子さんは結婚してたの？」

「そうじゃない……」

重々しく否定する勇吾に、海香はかすれた声で問いかける。

「……どういうことなの？」

勇吾がきっぱりと答えた。

「俺とおまえは本当の親子じゃない。おまえの父親の名は小宮山正樹。俺の親友だった人だ」

＊

勇吾は海香の様子を窺った。

突然の告白に、海香はぽかんとしている。そんな海香を、冴子は不安げな表情で見つめていた。

ようやく、ようやく真実を海香に伝える日が来たのだ……。

勇吾は思わず目を閉じた。その脳裏には、十年前のあの日のことが浮かんだ。

十年前　東京

病院のソファーに座り、勇吾は虎太郎と虚脱していた。

立つどころか腕を動かす気力すら湧いてこない。絶望と悲しみが、すべての力を奪い去っている。

正樹の死に顔を目の当たりにして、二人ともさっきまで泣き明かしていた。正樹がこの世にいない……その事実を一向に受け止められないのだ。

すると虎太郎が、はっと気づいたように言った。

「そうだ。子供。麗ちゃんを保育園に預けっぱなしだ」

そこで勇吾も頭を持ち上げる。

「そうか。引き取りに行かないと」

麗という響きで、勇吾はまた泣きそうになる。正樹が無事だったならば、今頃はその麗の誕生日祝いをやっていたのだ。

「麗ちゃんの方は勇吾に任せていいか」

「いいけど、おまえは何するんだ」

「ほらっ、お葬式とかの準備をしないとさ。正樹さんの身内は俺たち以外にいないんだからさ……」

そう言うと堪えきれず、虎太郎がまた嗚咽した。その泣き声でまた涙が溢れそうになったが、勇吾は懸命に抑え込んだ。そして歯を食いしばりながら、虎太郎の背中を強く叩いた。

「おい、もう泣くな。これ以上正樹さんにかっこ悪いとこ見せんなよ。せめてちゃんと見送ってやろうぜ」

「そっ、そうだな。悪い。もう泣かないよ」

手の甲で涙を拭い、虎太郎が立ち上がった。


勇吾は病院を出て保育園に向かった。

外はまだ雨が降っている。この雨のせいで正樹が亡くなったのだ。そう思うと天に向かって怒りをぶちまけたくなるが、そんなことをしても正樹が生き返るわけではない。握りしめた拳を解き、とぼとぼと歩きはじめる。

夜の保育園に到着する。

こんな時間でも人が出入りしていた。都会では正樹のように夜に働く人も多い。だからこそ夜間保育園が盛況なのだ。宮古島では見ない光景だ。

派手な早苗のような髪型の女性が、子供を自転車の後部座席に乗せている。子供はもう寝ているのか、こくりこくりと舟をこいでいる。「なんで雨なのよ、最悪」とぶつぶつこぼしながら、その女性が子供にカッパを着せていた。

建物の中に入る。辺りは暗いが、電灯が一つだけついていてその部分だけがぼやっと明るい。しんと静まり返り、物音一つない。もう夜中の二時なので、子供は寝ている時間帯だ。保育士らしい女性があらわれたので、すぐに用件を述べる。

「小宮山正樹の代わりに子供を迎えに来ました」

その瞬間、彼女の顔が強張った。正樹が事故で亡くなったことは、病院から保育園に伝えてもらっている。

彼女が心底辛そうに言った。

「御愁傷様です……まさか小宮山さんが……」

声が詰まり、目が涙で潤んでいる。だが気持ちを立てなおすかのように、目を瞬かせて涙を引き止める。だがどうしても我慢できなかったのか、ボロボロと泣きはじめた。

「うっ、海香ちゃんがかわいそうで……親友に集まってもらって海香の誕生日祝いをするんだって、昨日小宮山さんおっしゃってたのに……」

海香《いか》……？

涙で濡れる彼女の姿を見て、自分も泣きそうになったが、その名前を聞いてそんな気持ちがふっ飛んだ。

勇吾は訊き返した。

「せっ、先生、今、海香とおっしゃいましたか？」

「ええ、そうです」

彼女は呆気にとられたように、ぽかんとしている。

「どういうことですか？　名前は小宮山麗じゃないんですか？」

「麗？　いえ、小宮山海香ですけど……」

勇吾は困惑した。海香は勇吾の子供につける名前だ。なぜそれが、正樹の子供の名前になっているのだ？　わけがわからない。

話を先に進めるように、彼女が早口で言った。

「すぐに海香ちゃん連れてきます。もう寝ちゃってますけど」

そしてそそくさとその場を立ち去る。

麗がなぜ海香なのだ……。

するとその直後だ。疑問の海に一筋の光が射し込むように、勇吾はあることを思い出した。慌てて鞄に手を突っ込み、封筒を手にする。これは正樹が勇吾に宛てた手紙だ。謝りたいことがあると正樹が言ってきたので、手紙にしたためてもらっていた。オーディションが終わったら読むつもりだったがすっかり忘れていた。

封を開けて手紙を取り出すと、几帳面な字でこう書かれていた。

『勇吾君へ
ごめん。オーディションの前にこんなことを言い出して。実はずっと勇吾君に謝りたいと思ってたけど、こんなギリギリになってしまったんだ。本当に申し訳ない。
謝りたいことというのは、僕の子供の名前のことなんだ。勇吾君の夢は、早苗ちゃんと結婚して二人の間で子供を作ること。女の子でその名前は、『海香』だって言ってたよね。

勇吾君がそう言い出した時、なんて素敵な名前なんだって本当に感動したんだ。

海香と聞けば、あの宮古島の写真が自然と頭に思い浮かぶ。潮の香りや、波の音までも聞こえてくる。僕は宮古島の海を見たことはないけど、海香という名前を耳にしただけでそんなイメージができた。

ぜひとも勇吾君にはその夢を叶えて、海香ちゃんを大切に育てて欲しい。その時、僕はそう強く願った。

そして僕と冴子の間に念願の子供が産まれた。はじめて赤ちゃんを見た瞬間、ふとこの子の名前が脳裏に浮かんだんだ。

海香って……。

もちろんすぐに、その名前を頭から追い払おうとした。だってその名前は、勇吾君の子供の名前ともう決まってるんだから。この子が海香なわけがない。

そう自分に言い聞かせて、もう一度冷静に赤ちゃんを見たんだ。そうしたら、もう海香にしか見えなくなっていた。そして、僕はその産まれたばかりの子供に呼びかけたんだ。

海香……。

その時だ。オギャアって赤ちゃんが泣いた。まるで自分の名前を呼ばれたことがわかったかのように……。

それから何度も何度も違う名前を考えて付けようとしてみた。でも海香という響きが頭にこびりついて離れないんだ。

仕方ない。怒られるのを覚悟で勇吾君に、海香という名前をこの子に使わせてくれないかと頼もうとした。でも、どうしても言い出せなかった。海香が勇吾君にとって大切な名前だっていうのを十分知っていたからね。

結局勇吾君に隠したまま、海香という名前で役所に届けてしまった。子供が生まれたと報告した後、勇吾君と虎太郎君が子供の名前を聞いてくれたよね。そこで僕は、『麗』と咄嗟《とっさ》に嘘をついてしまった。

海香の一文字目の『う』からついそんな名前が出てきたんだろうね。僕がつけそうにない名前だからか、勇吾君ちょっと不思議がってたよね。

麗は嘘で、本当は海香と名付けてしまった。ごめんなさい。そうすぐにでも勇吾君に謝ろう。でもどうしても踏ん切りがつかなくて、とうとう海香の一歳の誕生日を迎えてしまった。

だから勇吾君が今日海香と会う前に、どうしてもこのことを謝りたかったんだ。本当に、本当にごめん。僕は勇吾君の夢の一つを奪ってしまった愚か者で、それを謝る勇気さえ持てなかった臆病者だ。

赦《ゆる》してくれるわけがないと思う。でも、もし、もし勇吾君が赦してくれるのならば、海香の誕生日会で海香を抱いて欲しい。この子にとっては、勇吾君が名付け親になるんだからね。それほど最高のお誕生日プレゼントはないと思うんだ。勝手なお願いばかりだね。本当にごめん。自分でも呆れるよ。

それとこの機会を借りて、僕の新しい夢も書かせてもらっていいかな。言ってることが無茶苦茶だね。でもなんだか書きたくなったんだ。ふざけるなって勇吾君が思ったら、読み飛ばしてもらっていいから。

僕の新しい夢はこうだ。海香が大きくなったら、あの宮古島の海を見せてやりたいんだ。勇吾君の民宿の近くにある、あの写真の海だ。あの海こそが、海香の故郷みたいなもんだからね。もちろん一緒にいるのは、僕、勇吾君、虎太郎君、そして冴子だ。その時までに必ず冴子を探し出す。彼女は、海香を置いて行ったことをずっと後悔しながら生きているに違いない。早く戻って海香を抱きしめたい。そう心から願っているのに、家に戻る勇気がどうしても出せないんだ。その気持ちはよくわかる。だって僕もそうだ。勇吾君に海香のことを打ち明けて謝らなければならないのに、こんな土壇場まで言い出せなかった。

そんな僕だからこそ、冴子の気持ちが痛いほどわかるんだ。海香に、自分がお腹を痛めて産んだ娘に会いたいのに、会えない。冴子の気持ちを想うと、僕は胸が張り裂けそうになる。だから僕は一刻も早く彼女を見つけてあげたい。そして、冴子の悩みに気づいてやれなかったことを深く謝りたい。

それができたら、彼女にもあの海を見せてあげたい。エメラルドグリーンに輝く、世界一綺麗な宮古島の海を。海香と、みんなと一緒に。

プロの漫画家になるという夢はあきらめたけど、これが僕の新しい夢だ。そして勇吾君も自分の夢を叶えて欲しい。売れっ子芸人になって早苗ちゃんと結ばれる夢を。

僕と勇吾君、そして虎太郎君。三人がそれぞれの夢を叶え、一緒に宮古島の海を見ようよ。僕はその日を楽しみにしているんだ。

ごめん。長い手紙になっちゃったね。じゃあオーディションの成功を祈って。きっといい結果が出ているよ。

海香の名を勝手に使って本当にごめんなさい。また直接、きちんと謝らせて欲しい。

じゃあ海香の誕生日祝いで。

君の親友　正樹より』

手紙を読み終え、勇吾はため息を吐いた。

何が、何がごめんなさいですか……名前なんか、いくらでも使ってくれてよかった。嘘なんてつかなくてよかったのに。海香なんて、あの海の写真を見てふと思いついただけの気楽な名前だ。特別な思い入れなんて何もない。それなのに、正樹はずっと気に病んでいたのだ。

勇吾は号泣した。涙が頬を伝い、手紙へボタボタと落ちていく。

『もう泣くな。正樹さんにかっこ悪いところを見せるな』

さっきそう虎太郎に言ったばかりなのに……どうしても、どうしても涙を止めることができない。

「お待たせしました」

保育士の声がしたので、勇吾は顔を上げた。その顔を見て、保育士が顔をそらした。

「すみません。もう少し後にしましょうか」

勇吾は袖口で涙と鼻水を拭いた。そして目の奥に渾身の力を入れてから、抑えた声で言った。

「大丈夫です。申し訳ありません」

彼女の腕の中に愛らしく眠る子供の顔があった。ほっぺがまん丸で、髪の毛が茶色で細い。

海香だ……。

その名を心の中で呼んでみる。するとそこに火が灯ったような気がした。

「撫でても大丈夫ですか?」

「ええ、もちろん」

そろそろと海香の頭に触れる。なんて小さな頭だろうか。そして髪がやわらかくて薄い。それがとても心地いい。

「どうぞ。抱っこしてあげてください」

彼女が海香を横抱きにする。勇吾は怖々と受け取り、海香を抱いた。

軽い。一歳の子供はまだこんなに軽いのだ。

そして腕にぬくもりと、子供独特の匂いが漂ってくる。そういえばこんな小さな子供を抱いたことなんてない。

「こんなにやわらかいんですね」

「かわいいですよね」

にこりと彼女が答え、勇吾は海香の寝顔を見つめた。

この子は、この子はまだこんな小さいのに、父親も母親もいなくなってしまった……海香は、この小さな子供は、これから一体どうなるんだろうか? 親もいなくてどんな風にして成長していくんだろうか? 果たして本当に幸せな人生を歩めるんだろうか?

そんなことを考えていると、また目頭が熱くなる。そしてすぐに涙が溢れ、海香の服にこぼれ落ちた。

「……うっ、うっ」

そのあたたかくやわらかな感触を感じながら、勇吾は嗚咽した。


保育園を出ると、勇吾はタクシーで居酒屋の前に着いた。

海香を抱いているので、傘はさせない。運転手が代わりに傘をさしてくれて、店の中に入った。

店に入ると、虎太郎が座って待っていた。ずいぶんと憔悴している。

勇吾の腕の中の海香を見ると、虎太郎は跳ねるように立ち上がった。それから椅子と座布団を並べて、即席のベッドを作ってやる。

慎重にその上に海香を置く。海香はまだすやすやと眠っている。

「こんな時でも気持ちよさそうに寝てるね……」

じわっと虎太郎の目に涙が浮かび上がったので、勇吾はたしなめた。

「おいっ」

「わかってるよ。泣くのはもうなしだろ」

鼻を啜って、虎太郎が涙を食い止める。

「それより葬式の準備はどうなったんだ?」

「うん、とりあえず葬儀会社の人と話して段取りだけはしておいた」

「……海香はどうなるんだ?」

勇吾はそれが気がかりだった。

「海香?　この子は麗だろ」

虎太郎がきょとんとした。

「それが違うんだよ。麗は嘘で、本当は海香って名前なんだ」

「えっ、どういうことだよ」

驚く虎太郎に正樹の手紙の内容を教えると、合点したように虎太郎が言った。

「そういうことか。それで正樹さん、僕たちが麗って言うと複雑そうな顔をしてたんだ。勇吾にずっと申し訳ないと思ってたんだろうね」

「ああ、そんなこと俺が気にするわけねえのに、正樹さんらしいよな」

そう言って、改めて海香を眺める。その寝顔がどこか正樹と重なって見えた。

「海香ちゃんのことだけど、正樹さんのお葬式が終わったら、海香ちゃんを育ててもらう児童養護施設を探すよ」

「施設か……」

その響きが、勇吾の胸の中に影を落とす。

「正樹さんの親戚とは連絡が取れないからさ」

勇吾の心を読んだように、虎太郎は補足した。両親と離別してから、正樹は親戚の家で育てられたと聞いている。

「正樹さん、漫画家になるって家を飛び出してから、その親戚とはほとんど音信不通だったみたい」

「正樹さんがか」

義理と人情を重んじる正樹らしくない行動に、勇吾は耳を疑った。

「その親戚の人たち、正樹さんに対してかなり厳しかったみたい。理不尽な目にもずいぶん遭ったみたいだよ。正樹さんが昔の話をしなかったのも、あまり故郷にいい思い出がなかったからだと思う。だから僕たちの宮古島の話を聞きたがったんじゃないかな。たぶん僕たちの故郷である宮古島を、自分の理想の故郷だと思って、この子に海香って名付けたんじゃないのかな」

「そうかもな……」

おそらく虎太郎の言う通りだ。正樹の漫画が、あたたかな家族の関係を描いたものが多かったのも、そこに正樹の理想があったからだろう。

陰鬱な空気を振り払おうと、勇吾は大声を上げた。

「さあ、オトーリやるぞ」

「えっ、こんな時間に？」

「おまえもう東京の人間になったのか。オトーリなんて朝方までやるもんだろうが。海香の一歳の誕生日を祝ってやるぞ」

そこで虎太郎が目を見開いた。

「そうか、今日は海香ちゃんの誕生日だったんだね」

「そうだよ。忘れんな。今日はとびきりめでたい日なんだよ」

海香の誕生日を盛大に祝ってあげたい。それが正樹の望みだったのだ。今天国で眺めている正樹のためにも、できるだけ盛り上げる。勇吾はそう決めた。

わざとらしいほど陽気に振舞う勇吾を見て、虎太郎もぴんときたようだ。

「じゃあさ、勇吾のオーディション合格祝いもやろうよ。ゴラッソのレギュラーになったんだからさ。これから売れっ子芸人の仲間入りだ」

「そっ、そうだな」

「虎太郎、おまえは飾りつけしろ。俺は他の用意するからよ」

「わかった」

二人で準備にとりかかる。勇吾は厨房に行き、酒瓶の棚を眺める。オトーリをするのならば、宮古島の泡盛は欠かせない。

棚の真ん中に、新品の泡盛があった。勇吾と正樹が大好きな銘柄だ。おそらく正樹が用意してくれていたのだろう。

冷蔵庫を開けると、誕生日ケーキがあった。さらに冷凍庫には棒が二本付きのアイスまである。また涙が浮かびそうになったが、目に力を入れて強引に抑え込む。祝いの席だ。もう涙は流さない。

厨房から出ると、虎太郎が椅子に上がり、『1歳おめでとう』と書かれた飾りをつけていた。これも全部正樹が事前に準備をしていたものだ。

勇吾も手伝い、すべての飾りつけを終える。店内が華やかな誕生日会場へと様変わりした。ケーキを箱から出すと、おいしそうなショートケーキが姿を見せた。そこに、『海香　お誕生日おめでとう』とチョコレートで書かれたプレートが載っている。

勇吾がロウソクを一本刺して、ライターで火をつけようとすると、

「ちょっと待って」

虎太郎が急いで厨房の方に向かい、すぐに戻って来た。手にした皿には、色鮮やかなマンゴーがある。それをケーキに載せていく。

「めちゃくちゃ豪勢じゃねえか」

はしゃぐ勇吾に、「だろっ」と虎太郎が得意げに片目をつぶった。

部屋の電気を消し、改めてロウソクに火をつける。二人で炎の明かりの向こうにいる海香を見ながら、ハッピーバースデーの歌を歌う。

「寝てるから俺が代わりに消してやるよ」

勇吾はふっと炎を消すと、

「海香ちゃん、一歳の誕生日おめでとう」

虎太郎が特大の指笛を鳴らしたが、海香はすやすやと眠ったままだ。

そしてオトーリの準備をする。勇吾はピッチャーに水と泡盛を注ぎ、氷を入れる。

「この泡盛の作り方も海香には教えてやらねえとな」

「まだ早いんじゃないの。でもまあ海香ちゃんが大きくなって宮古島に来た時とかは、作って欲しいよね」

嬉しそうに虎太郎が返すが、勇吾は黙ってコップに酒を注いだ。そしてそれを掲げ、口上を述べる。

「今日は小宮山海香の一歳の誕生日祝いです。この子がすくすくと、虎太郎のマンゴーのように立派に育ってくれることを祈って」

ぐいっと呑むと、胃の腑が温かくなる。続けて虎太郎にコップを渡すと、同じく一気に呑み干した。

そうして次々と酒を呑んでいく。二人でのオトーリなのでとにかくペースが早い。酒の肴はマンゴーケーキと二本棒のアイスだ。でもこれが、勇吾と虎太郎にとって最高のご馳走だった。疲れもあってか、すぐに酔っ払ってしまった。

虎太郎がおずおずと切り出した。

「勇吾、俺、ちょっと話があるんだけど」

「……なんだよ。暗い話じゃねえだろうな」

これ以上そんな話は聞きたくはない。

「そうじゃないよ。俺、そろそろ宮古島に戻って親父の手伝いするわ」

「もう戻るのかよ……」

「まあ青果店で十分経験も積んだし、そろそろ戻ろうかと思ってたからね。さっき勇吾がオーディションに合格したって聞いたし、安心して宮古島に戻れるよ」

その虎太郎の笑顔で、勇吾はまた泣きそうになる。虎太郎としては、もっと早く宮古島に戻るつもりだったのだ。でも勇吾のことが心配で、東京に残っていてくれていたのだ。虎太郎とはそういう奴だ。

「テレビで勇吾の活躍を見るのを楽しみにしてるよ」

虎太郎がそう言うと、勇吾は顔を伏せた。泣き顔を見せたくなかったこともあるが、もう一つ目的があった。それは、ある覚悟を確かにするための間を作ることだ。

そして顔を上げ、コップの残りの泡盛を飲み干した。ポケットから携帯電話を取り出し、虎太郎に言う。

「オーディションのことをマネージャーに伝えるの忘れてたからよ。今からかけるわ」

「こんな時間に？」

「業界人なんだぞ。二十四時間いつでも電話に出るのが仕事だ」

電話をかけると、すぐにマネージャーが応答する。

「どうした？　ゴラッソのオーディションの件か」

どうやら勇吾の電話を待ちかねていた様子だ。

「はい。オーディションは無事うまくいきました。それでそこのチーフプロデューサーから俺をレギュラーにすると言われました」

「ほんとか。やったな。おまえ頑張ってたもんなあ。やっと努力がむくわれたな」

涙混じりの声が電話口から返ってくる。虎太郎だけではなく、彼も勇吾の奮闘を側で見ていてくれた。

その声を聞いて、この東京での苦闘の日々が脳裏をよぎった。歯を食いしばって貧乏と屈辱に耐えながら、懸命にネタ作りに励んできたこの大都会での暮らしを……。

ためらう気持ちとその過去を、力づくで振り払う。もう決めたことなのだ。そしてその決心を声にする。

「すみません。あと一つ報告があるんです」

「なんだ。もしかして番組ＭＣに抜擢されたのか？」

「違います……俺、芸人辞めます」

沈黙が生じる。姿は見えないが、彼が動転している様子をありありと思い浮かべることができる。

やっと震える声が返ってきた。

「おまえ、何言ってんだ。冗談だよな……」

「冗談じゃありません」

「何考えてんだ！　これから長年の苦労がようやく実るんだろうが。馬鹿なこと言うな」

「明日事務所に行って、詳しいことは説明します」

そう言って電話を切り、携帯電話の電源も落とした。

ふうと息をつくと、虎太郎が放心したように訊いてくる。

「どっ、どういうことだよ、勇吾。芸人辞めるって……」

「言葉通りの意味だよ」

「芸人辞めて何するんだ……？」

「宮古島に戻る。そして島で海香を育てる」

海香は、この騒動を意にも介さず夢の中だ。

「ちょっと待ってくれ。何も勇吾が海香ちゃんを育てることないだろ。施設の人が面倒を見てくれるだろ」

青ざめる虎太郎に、勇吾は首を振る。

「だめだ。俺が育てる」

「なんでだよ」

「おまえ、海香を本当に施設に預けるつもりなのか？　天国の正樹さんが、その海香を見て心の底から喜んでくれると思うのか？」

虎太郎が、一瞬詰まったような顔をする。

「……正樹さんの親戚を探して、海香ちゃんを育ててもらうのは？」

「ふざけんな。正樹さんはそいつらが嫌で家を飛び出したんじゃねえか。俺はそんな連中に海香を任せるなんて絶対にできない」

虎太郎が黙り込む。少ししてはっと目を見開き、腹を据えたように言った。

「……わかった。じゃあこうしよう」

「どうするんだよ？」

「僕が宮古島で海香ちゃんを育てる。勇吾はせっかく芸人としての夢を摑んだんだ。勇吾に夢を途中であきらめるようなことはさせられない」

虎太郎ならきっとそう言うだろう。勇吾は推測していた。

「それもだめだ。俺が育てる。もう決めたんだ」

「どうしてだよ。芸人として売れるのが勇吾の夢だったんじゃないのかよ」

「それよりももっと大事な夢ができたからだ」

「大事な夢？　なんだよ」

勇吾は声を強めて言った。

「虎太郎、俺、正樹さんが漫画家の道をあきらめると聞いた時、正直正樹さんを軽蔑した。所詮そんな程度の夢なのかって」

虎太郎が首を縦に振る。

「そして海香が生まれた後に、俺が正樹さんに直接尋ねたこと覚えているか？」

「ああ、漫画家の道を断念したこと後悔してないかって聞いたよな」

「そうだ。そしたら正樹さんはこう答えた。生まれたての赤ちゃんを抱いた瞬間、その後悔は吹き飛んだ。この子を無事に、立派に、なんの不自由も不幸もなく育てる。それが漫画家に代わる僕の新たな夢になったんだってさ」

「覚えてる。確かにそう言ってた」

「でもな、俺はそれでも納得できなかった。言葉の意味はわかるんだけど、まるで実感できなかった」

そこで、海香の顔を見た。相変わらず夢の中だ。

「でもさ、さっき海香を保育園に迎えに行って、この手でこの子を抱いた瞬間……正樹さんのその言葉の意味がようやく理解できたんだ。

子供を無事に、立派に育てる。それは漫画家や、芸人として成功する以上の夢になるんだってことがさ」

立ち上がり、海香を抱き上げた。その感触で、自分の決心が間違いでないことがわかった。

「あの瞬間、この子を育てることが俺の夢になったんだ。正樹さんの子供を、宮古島の海に見守られながら大きくしてやる。それが、俺の今の夢なんだよ」

黙って聞いていた虎太郎が、ふっと息を吐いた。その顔には笑みが戻っている。

「わかったよ、勇吾……」

そう言って腰を上げ、両手を伸ばしてきた。

「僕にも海香ちゃんを抱かせてくれよ」

「ああ」

勇吾が慎重に海香を手渡した。虎太郎は嬉しそうに、海香を軽く持ち上げる。

「じゃあこの子を育てるの僕にも手伝わせてくれ」

勇吾も笑顔で応じる。

「当たり前だ。俺の手伝いをするのはおまえの昔からの役割だろ。海香にうまいマンゴーや果物や肉を食わせてやれ。この子の食料調達がおまえの大事な役割だ」

虎太郎が笑って返した。

「そうだな。たんまりうまいもの食べさせてやるか」

その瞬間、海香が目をぱちりと開けた。普段と違う様子を感じたのか、目にいっぱいの涙を浮かべ、堰を切ったように泣きはじめた。

それを見て、虎太郎が慌てふためく。

「おい、子供ってどうやって泣き止ませるんだよ」

「知るわけないだろ」

「そうだ。いないいないばあだ。いないいないばあをしろ。勇吾、得意だろ」

「よしっ、海香、いないいないばあ」

精一杯おかしな表情を作ると、ギャアアと海香がさらに泣き喚いた。

「馬鹿、全然ダメじゃねえか」

「誰がそこまで変な顔しろって言ったんだよ。そんなもん大人でもびっくりするだろ」

しばらくの間、勇吾は虎太郎と二人で海香を必死であやしていた。

そしてその三ヶ月後、勇吾は宮古島に戻った。

この三ヶ月間目の回るような忙しさだった。

事務所に何度も足を運んで、芸人を辞める決心が変わらないことを伝えた。そのたびに慰留されたが、とうとうマネージャーが根負けして認めてくれた。

早苗とも別れた。芸人を辞めて宮古島に戻ると告げると、「あっ、そうなんだ。元気でねえ」とあっさり言われた。

当たって砕けろと、「一緒に宮古島に来てくれないか」と頼んだのだが、「馬鹿じゃないの。行くわけないじゃん」とけんもほろろに断られた。

失恋の痛手に浸る間もなく、海香を養子にするための手続きに奔走した。関係各所に話を訊いて回り、面倒な手続きを山のようにこなした。

そのすべてを海香の面倒を見ながらやっていたのだ。子育てなんて簡単だろうとたかをくくっていたが、これほど大変なものだとは思わなかった。

海香はハイハイでそこらをうろつく。どこに行くかもわからず、ゴミのようなものも口にしそうになるので、一秒たりとも目を離すことができない。

さらに海香はまったく寝てくれない。すぐに泣くので、隣室の住人が壁を乱暴に叩いてくる。このボロアパートの壁に防音効果は皆無なので当然だ。

だから夜な夜な海香をベビーカーに乗せて、街の中をうろうろし続けた。寝不足でへとへとになりながら歩き回っていると、辛くて何度も泣きそうになった。しかもそういう時に限って、警察官が職務質問をしてきた。

日中、保育園に預けていてもこれなのだ。冴子が育児ノイローゼになったというのも、今ならよく理解ができた。

すべてのことを済ませ、やっと宮古島へと帰ってこられた。気づけば東京に出てから一度も帰郷していなかった。

海香を抱きなおして、体勢を整える。飛行機の中で眠ってくれたので助かった。子供が寝るというのは、親にとってはこれほどありがたいことなのだ。このつかの間の一時だけが親が休める時間となる。

空港に降り立つと、虎太郎が出迎えに来てくれた。一足早く宮古島に戻っていた虎太郎は、いろいろ準備をしてくれていた。

空港を出ると、青空と太陽が出迎えてくれる。眩《まばゆ》いばかりの晴天で、これぞ宮古島の空という感じだ。その空を見上げて、故郷に帰って来たことを実感した。

虎太郎の車に乗り、目的地へと向かう。

すぐに到着したので車を降りる。数歩踏み出せば白い砂浜に出られる。この足裏の感触も懐かしい。東京では砂浜を歩くことなど一切なかった。

しばらくするとコンクリートの建物が見えてくる。看板には『民宿　ゆいまーる』と書かれている。ここが、勇吾と海香の新しい家となるのだ。

中から母親が出てきた。前よりもしわが増えて、何だか背が低くなったように見える。

勇吾はぶっきらぼうに挨拶する。

「……ただいま」

母親は何も言わず、抱いている海香の顔を見た。

「おまえによう似てる」

「何言ってんだ。俺の子供じゃねえんだぞ。似るわけあるか」

「よう似てる」

断言する母親を見て、勇吾はその言葉の意味することがわかった。ちゃんと自分の子供として育てろ。母親は暗にそう言っているのだ。

海香を横抱きにし、その幼い顔を見てつぶやく。

「そうだな。親子だもんな。そりゃ似るよな……」

それからその足で海岸に向かった。そこにはエメラルドグリーンの海がどこまでも広がっている。

あの東京のボロアパートで、毎日この海の写真を眺めていた。だが久々にこの目で見てみると、やはり本物とは雲泥の差がある。

燦然と輝く目の覚めるような海を見つめながら潮の匂いを嗅ぎ、頬に海風を感じる。そのすべてを体感してこそ、海を見るということなのだ。

「虎太郎ちょっと頼みがあるんだけどいいか」

「なんだい」

「俺よ、これから時々東京に行って、冴子さんを探すつもりだ。その間、海香の面倒を見てやってくれ」

「もちろん」

そう笑顔で頷くと、「あっ、ちょっと待って」と虎太郎が鞄から何やら取り出した。それは一眼レフのカメラだった。

「それどうしたんだよ」

「東京で買ってきたんだ。どうせ勇吾は海香ちゃんの写真なんか撮らないだろ。だから俺がカメラマンになって、海香ちゃんの成長を記録してやろうと思ってさ」

勇吾は舌打ちする。

「無駄な買いものしやがって。写真に残さなくたってな、俺はちゃんと頭で覚えてるよ」

「勇吾のために撮るんじゃないよ。大きくなった海香ちゃんと冴子さんのためだ。冴子さんが見つかったら、海香ちゃんの写真を渡してあげるんだよ」

「……そういうことか……」

やはり子育てには虎太郎が不可欠みたいだ。

目を覚ましたのか、胸元で海香が動いた。勇吾は海香の脇の下に手をやり、そのまま持ち上げた。

「どうだ。海香、これが宮古島の、おまえの海だ」

すると海香が声を上げた。

「あーっ、あーっ」

それを聞いて虎太郎が声を跳ね上げる。

「すごい。海香ちゃん、この海見て声を上げたよ」

勇吾は笑って言った。

「当たり前だろ。これが海香の故郷なんだからよ。海香はこれから毎日この海を眺めて育つんだよ」

「ちょっと、そのまま。海香ちゃんを抱えた状態で写真撮りたいから」

虎太郎があたふたとカメラを触っているが、操作方法がよくわからないみたいだ。まったく撮影できない。

「早くしろ、虎太郎。腕がもたねえ」

「待って、ちょっと待って」

海香の尻から何か匂いがしてきた。勇吾は叫んだ。

「くっせえ、こいつうんこしやがった。おい虎太郎、オムツだ。馬鹿、何写真撮ってやがんだ。カメラじゃなくてオムツとお尻拭きだ」

「だってすっごいいい写真だからさ。シャッターチャンスだ」

バシャバシャとシャッター音が鳴り、海香が幼い声を上げている。その声は海の果て、そして正樹の元にまで届いているようだ。勇吾にはそう思えてならなかった。

# 13

冴子が宮古島を訪れてから三日が経った。

海香はいつものように砂浜に座り、海を眺めていた。キャンバスや画用紙はない。ただ眺めているだけだ。

お父さんが、本当のお父さんじゃなかった……。

それを聞いた瞬間、海香は動揺した。またいつもの冗談かと思ったが、勇吾の真剣な表情からそうではないとすぐにわかった。

それから、勇吾の口から過去のすべてを教えられた。

冴子が育児ノイローゼになり、海香を置いて出て行ってしまったこと。本当の父親である正樹が不幸にも交通事故に遭い、帰らぬ人になってしまったこと。そして正樹の親友である勇吾が海香を引き取り、宮古島に戻ったこと。そのすべてが、海香のまるで知らないことだった。

冴子の話も聞いた。育児ノイローゼになり家を飛び出した冴子は、行くあてもなくあちこちを転々としていたそうだ。

やがて、海香を置いてきたことを激しく後悔した。だが一度娘を捨てた自分を、正樹が赦してくれるはずがない。今さらのこのこと顔を出せるわけがない。

踏ん切りをつけるために東京を離れ、流れ着いたのが富山のある旅館だった。そこで住み込みで働いていたそうだ。

そしてそこに泊まりにきた客の男性と結婚し、東京に戻った。新たな家庭を築き、子宝にも一人恵まれた。女の子で、つまり海香の妹にあたる。

ただその間、海香のことを忘れたことは一瞬たりともなかった。あの子はどうしているだろうか？　元気でいるだろうか？　海香のことを想い、一緒に暮らしたいといつも泣いていたらしい。

そうしてある日、ユーチューバーが火事で自宅を全焼させたというニュースをテレビで見て、息を呑むほど驚いた。

テレビに映る人物が、正樹の友人である勇吾だったからだ。それからさらに、それを上回る大きな衝撃を受けた。

火事とは別の勇吾の映像が流れ、そこに女の子が映っている。十歳ぐらいだ……そう思った瞬間、冴子ははっとした。

ＹｏｕＴｕｂｅの勇吾ＴＶを見てみた。そこでその女の子の名前が、『海香』だということを知った。

娘に間違いない……。

冴子は激しく困惑した。若き日の過ちで置き去りにし、心の隅でずっと想っていた娘が、勇吾の娘としてＹｏｕＴｕｂｅに出演している。

すぐに興信所に行って、正樹と勇吾のことを調べてもらった。そして衝撃の真実を知った。

正樹が交通事故で亡くなったことを。勇吾が海香を養子にして、故郷の宮古島で育ててくれていることを。

冴子は今の夫にそのすべてを打ち明けた。夫は受け入れ、すぐに海香に会いに行くよう言ってくれた。

冴子は飛行機に飛び乗り、宮古島にやって来た。

終始泣きながら話すので、話し終えるまでかなりの時間がかかった。そして、ごめんなさい、ごめんなさいと勇吾と海香に何度も何度も謝っていた。

海香は、それをなだめるのにひたすら苦心した。


ぼんやり海を見ていると、元気と虎太郎があらわれた。そして海香を挟むように、二人が腰を下ろした。

元気が尋ねてくる。

「今から冴子さんの見送りに行くのかい？」

元気も虎太郎も、もうすべてを知っている。

「うん。もうちょっとしたらホテルに行くさあ」

虎太郎も口を開いた。

「昨日は冴子さんと一緒に宮古島観光したんだろ？　どこに行った？」

「いろいろ行ったね。池間島《いけまじま》の八重干瀬《やびじ》も行ったし、与那覇前浜《よなはまえはま》も行ったし、うえのドイツ文化村も行った」

「このビーチは？」

「最初にここで冴子さんと会ったけど、お父さんにここは絶対に行けって言われたからまた来た」

「そうか……」

なぜか虎太郎が感慨深そうに言った。すると元気が顔を横に向けた。

「虎太郎さんは全部知ってたんですね。勇吾さんがユーチューバーになった理由が、有名になって、冴子さんに自分と海香ちゃんの存在を知ってもらうためだったって」

「まあね。あいつは何も言わなかったけどね」

「過激なことをやって再生回数を稼ごうとしていたのも、海香ちゃんをＹｏｕＴｕｂｅに出演させてたのも、火事に遭ってもチャンネルを閉鎖しなかったのも、全部そのためだったんですね」

腑に落ちたように元気が言うと、ああそうさ、と虎太郎が頷いた。

「勇吾が時々東京に行っていたのも、冴子さんを探すためだ。あいつの長年の夢が、冴子さんを見つけて海香ちゃんに会わせることだったからね。まあ火事は想定外だったけど、なんとかその夢が叶ったんだ」

感極まったように、虎太郎の目に涙が浮かんでいる。

勇吾が東京に行くのは、遊ぶためだと海香は思い込んでいた。

「まさかあの漫画の作者の小宮山正樹が、海香ちゃんの本当のお父さんだなんて思わなかったなあ……どうりで海香ちゃんも絵が上手いわけだ」

しみじみと元気が言うと、海香は頷いた。

元気と海香の好きな漫画の作者の名が、『小宮山正樹』だった。つまり海香は、ずっと自分の父親の描いた漫画を読んでいたのだ。

「ねえ、虎太郎おじさんにちょっと訊きたいことがあるさあ」

虎太郎が涙を拭いて笑顔で訊いた。

「なんだい?」

「正樹さんってどんな人だったんね?」

その質問に虎太郎がはっとした顔をした。だがすぐに元の笑顔に戻り、遠い記憶を探るように言った。

「そうだな、とにかく優しい人だった。あれほど優しい人には出会ったことがないな」

「そうかあ」

虎太郎の顔を見れば、嘘をついていないのはわかる。とりあえず嫌な人じゃないみたいなのでよかった。

「それと、正樹さんは元気君とよく似てる」

「僕とですか?」

元気が自分で自分を指さすと、虎太郎が相好を崩した。

「うん。そっくりだよ」

「もしかして二本棒のアイスって、その正樹さんが好きだったものなんですか?」

「よくわかったね……」

目を丸くする虎太郎に、元気がにこりと笑う。

「一度、虎太郎さんが僕とアイスを分けて食べたがったことがあるじゃないですか。それでピンときたんですよ」

やっぱり元気は勘が働く。頭がいい人というのは、こういう人のことを言うのだろう。

海香は改めて尋ねる。

「虎太郎おじさん、お父さんって東京で芸人やってたんでしょ」

「そうだよ」

「全然売れなかったの？」

「そんなことないさ。海香ちゃん、ゴラッソって番組知らないか？」

「知ってる。お笑い芸人さんがいっぱい出てる番組でしょ」

「そうそう。あの番組がスタートした時、レギュラーメンバーに勇吾は選ばれてたんだよ」

「それはすごい。若手芸人さんの登竜門的な番組で、今は大人気になってますからね。売れるにはゴラッソに出ろって」

元気が感心するように言った。

「だから勇吾はお笑い芸人の才能はあったんだ。まったくダメだったたってわけじゃなかったんだよ」

胸を張る虎太郎を見て、海香はじっと考え込んだ。

勇吾はお笑い芸人として売れる寸前だったのに、結局途中で辞めてしまった。自分を育てるために……。

物思いに沈んでいると、元気が慎重に尋ねてきた。

「それで海香ちゃんはどうするの？　冴子さんと一緒に東京に行くの？」

そう、海香は昨日からそれに関して悩んでいた。

冴子からはそんな話はしてこなかったが、たぶん自分と一緒に暮らしたいだろうということは伝わってきた。もう自分は十一歳なのだから、それぐらいは気配で察することができる。元気ほどではないが、海香も勘が鋭い方だ。

大きくなれば島を出て、東京の美大に行くことが海香の目標だった。どうせ家を出て東京に行くのだから、早いか遅いかだけの違いになる。

黙っていると、虎太郎が不安そうに尋ねた。

「……もしかして冴子さんのこと怒ってるのか?」

「わかんない」

海香は即座に首を横に振る。

「だって私が生まれてすぐのことだったんでしょ。ちっとも覚えてないさあ。もし、もう少し大きくなってからそんなことをされたら怒ってたかもしれないけど……」

「そうか……」

安堵の表情を虎太郎が浮かべる。さっきからこの質問をしたかったのだろう。虎太郎は感情がわかりやすい。

「お父さんにも言われた。冴子さんはずっと辛い想いをしてきて、おまえと一緒に暮らすことを夢見てたんだ。だから小学校を卒業してからじゃなくて、六年生になるタイミングで、冴子さんと一緒に暮らしてやれって」

「冴子さんの元に海香ちゃんを届ける。それが勇吾の夢でもあったからね」

しみじみと虎太郎が言い、海香はまた押し黙った。自分でもまだどうすればいいのかよくわからない。

元気の方を向いて尋ねる。

「ねえ、元気君は東京に戻らんね？」

もし東京に行くとしても、元気が東京にいるのなら心強い。

「僕かい？　僕は戻らないよ。ここが僕の居場所だ」

その迷いのない返答ぶりに、海香は訊いた。

「なんでね？　元気君は東京で社長やってたんでしょ。またやりたいと思わないの？」

「思わないなあ。僕には社長業は向いてなかったんだよ。それよりもまた、ゆいまーるを再開したいね」

「えっ、またゲストハウスやるね？」

「当たり前だろ。あそこは僕にとっても、一休さんにとっても大切な家だからね。それにゆいまーるがないと、海香ちゃんが大きくなった時に帰る家がないだろ」

そんなことまで考えているのか、と海香は目を大きくした。普段は口に出さないが、大人というのは子供のことをいろいろ考えているのだ。

「でも、ゆいまーるを新しく建てても、またお父さんに燃やされるかもしれないさあ」

元気が大笑いをして言った。

「確かに。でもその時はまた建てるよ」

「なんで元気君はお父さんのためにそこまでするね？」

「そうだなあ、まあ僕は勇吾さんのことが好きだし、信頼しているから」

「信頼？　あんないい加減で調子乗りな人を信頼してるの？」

「なんせ家を燃やすぐらいの調子乗りだもんね」元気が同調するように言う。「でも僕は勇吾さんに救われたんだ。だから今度は、僕が勇吾さんを助ける番さ」

「救われたってどういうことね？」

「長くなるけどいいかい？」

元気が海香と虎太郎を見る。うんと海香は頷き、ぜひ聞きたいなと虎太郎も応じる。

乾いた息を吐くと、元気が話しはじめた。

「うちの父親は大手企業の社長でさ、ネット関係ではトップランナーと呼ばれる会社なんだ。僕は小さな頃からそこを継ぐように教育されてきた。子供の頃からネット、語学、経済、金融を教える個別の家庭教師がいたからね。学校の勉強など一切せず、ビジネスに関連することだけを学んでいたんだ」

「えっ、学校の勉強しなかったの？　宿題も？」

「うん。父の口癖が、『無駄なことは一切するな』だからね。父からすれば学校の勉強は無駄にしか見えなかったんだろうね。そんな教育方針があったから、僕は普通の子供のように小説も漫画もアニメもゲームも体験したことがなかったんだ。今考えると、ちょっと異常な環境だよね」

だから元気は、ゆいまーるにあった小説や漫画をむさぼるように読んでいたのだ。大人になってはじめて、面白いものに出会ったから。

「そんな英才教育を受けて僕は大人になった。そして父が命じたのは、僕が一から起業してその会社を成功させることだった」

虎太郎が口を挟む。

「お父さんの会社に入るんじゃなくて、起業なのかい？」

「ええ。まずは一から起業させて、それを成功させれるかどうかを見る。父からすれば、僕が後継としての素質があるかどうかを確かめるテストのつもりだったんでしょう」

「なるほど。壮大なテストだね」

「そこで僕が目をつけたのが、ＹｏｕＴｕｂｅだった。まだアメリカでスタートしたばかりの頃で、何か惹きつけられるものがあったんだ。これがメディアの革命になるってね。そこでＹｏｕＴｕｂｅのスタートアップメンバーにアポを取って、日本でＹｏｕＴｕｂｅを普及させるための会社を起業した。そこでまだＹｏｕＴｕｂｅに動画をアップしたばかりのヒカリンと知り合ったんだ。彼を日本のユーチューバーの第一人者にするために、ヒカリンと一緒にＫＵＵＭを設立した」

「へえ、なんかよくわかんないけどすごい」

海香は思わず感心した。何か別世界の話を聞いているみたいだ。

「ＫＵＵＭは楽しかった。夢中で仕事に没頭したよ。ヒカリンがスターになったおかげでＫＵＵＭも軌道に乗った。いろんな媒体でも取り上げられるまでになった。でもね、そんなある日、父にこう言われたんだ。

『よくやった。ＫＵＵＭの事業をすべて他の人間に任せ、おまえは役員として俺の会社に入れ』ってね。つまり僕は父のテストに合格したってわけ」

「それで元気君はどうしたんだね?」

「もちろん、『わかりました』と答えたよ。僕にとって父の命令は絶対だったからね。ただね……」

そこで元気が声を沈めた。その表情を見てどきりとする。そんな浮かない顔の元気は見たことがない。

「その話のあと父の会社を出て、僕は公園に行ってベンチに座ったんだ。そしたらそのまま立ち上がれなくなったんだ」

「なんで?」

「その時はわからなかったけど、たぶん僕は疲れていたんだと思う。父の言いなりになる人生に……そして、経営者になることが本当に自分のやりたいことなのか、わからなくなっていた」

「KUUMは楽しかったんじゃないの?」

「うん、そうだね。ヒカリンや他のユーチューバーが有名になっていく手助けをするのは楽しかった。でも、それが心の底から僕がやりたかったことかといえば、そうじゃなかったんだ。たぶんその心の歪みのようなものが、父の言葉をきっかけに表に出てきたんだと思う」

難しい話だが、なんとなくはわかる。

「そんな時、『おまえどうしたんだ。何しょぼくれた犬みてえな顔してんだ』って声をかけられたんだ。それが勇吾さんだった。僕はどう返事をしていいかわからず、なんの返答もできなかった。

そうしていると、勇吾さんがコンビニの袋からアイスを取り出した。それが棒が二本付いているあのアイスだったんだ。勇吾さんがそれを割って、半分を僕に渡してくれた。僕は言われるがままにそのアイスを食べた。二人で分け合うアイスがあんなに旨いなんて、僕は知らなかったな……」

その味を思い浮かべるように、元気が遠くを見つめる。

「そこで勇吾さんに自分の話をしたんだ。見知らぬおかしな人に自分の身の上話をするなんて普通ならありえないよね。でもなんだか、勇吾さんにはそれを話したくなったんだ。そういう力が勇吾さんにはあるんだよ」

そういえばゆいまーるの泊まり客も、キャンプファイヤーをしながら勇吾に話をしている。炎に照らされる泊まり客と勇吾が語り合う姿を見て眠りにつく。それが海香の日常だった。

「勇吾さんは親身になって僕の話を聞いてくれた。そしてすべてを話し終えると、勇吾さんが訊いてきたんだ。『で、結局おまえ今何やりたいんだ』って。僕はついこう答えたんだ。『海が見たい』って」

「海？　なんでそう答えたんね？」

「わからない」元気が首を横に振る。「でもなぜかふと海を見たくなったんだ。そしたら勇吾さんが、『わかった』と言って立ち上がり、僕を連れて父の会社に向かったんだ。アポも取らずに無理やりね。で、社長室になだれ込むと、父に向かって言ったんだ。『元気はあんたの道具じゃねえ。子供を自由にさせてやるのが親の役目なんだよ。こいつは海が見たいんだ。だから俺が見せてやるからな。元気はあんたの会社なんか継がねえぞ。ざまあみやがれ』ってね」

虎太郎がふき出した。

「勇吾らしいな」

「ええ」元気がにこりと頷く。「父も周りの社員も呆気にとられてましたよ。父に意見する人間なんて、社内では誰もいませんでしたからね。そうしたら、父もなぜかそれを了承したんですよ。勇吾さんに何かを感じたのでしょうね……。その足で空港に向かいました。どこに行くのか勇吾さんに尋ねると、『世界一綺麗な海を見せてやる。おまえはしばらくその海見て、小説や漫画読んでのんびり過ごせ。美人のカウンセラーもいるから話を聞いてもらえ。あとのことはそれから考えろ』ってね。

美人のカウンセラーっていうのは、唯さんのことだって後々わかったけどね。そして宮古島の空港に着くと、ここに連れて来てくれたんだ」

元気が目を細めて前に向きなおる。そこにはどこまでも広がるいつもの海があった。

「そんなことがあったんだ……」

元気がここに来た理由、居続ける理由がようやく判明した。

「一休さんにも聞いたけど、勇吾さんと出会った状況が僕とよく似ていたよ」

「え、そうなの？」

「一休さんの勤めていた会社がひどいところでね。長時間労働で給料も低く、残業代も出ない、辞めさせて欲しいと頼んでも辞めさせてくれない会社だったんだ。

ある日、一休さんが疲れ果てて公園のベンチに座っていたら、勇吾さんと出会ったんだって。で、僕と同じようにアイスを分けてくれて、その足で会社の上司を怒鳴りつけたんだって。そしてこの海に連れて来てもらって、ずっといるってわけさ」

「同じだね……」

「そう、同じ。唯さんに聞いたら、唯さんも仕事に疲れて公園のベンチに座っているところを勇吾さんに声をかけられたんだって」

虎太郎がおかしそうに言う。

「まるで東京の公園で、捨て猫拾ってるみたいだね」

「ええ、まさにそうですよ。僕たちは勇吾さんに拾われた猫ですよ」

元気が頬を緩める。

「それで唯さんも宮古島に一緒に来て、今働いている施設を紹介されたんだってさ」

それから元気が、染み入るような声で言った。

「宮古島に来てからしばらくして、勇吾さんが僕にこう言ってくれたんだ。海香、虎太郎、一休、唯ちゃんは俺のやーでぃだ。そして元気、おまえもこれから俺のやーでぃだ、ってね」

「やーでぃ……」

そう海香が漏らした。やーでぃとは宮古島の言葉で、家族という意味だ。

ふと隣を見ると、虎太郎が満ち足りた顔をしている。そうだ。勇吾、虎太郎、一休、元気、唯……みんなはわたしのやーでぃなんだ。改めてそう実感した。

元気がふうと息を吐いた。

「その勇吾さんの一言が、僕にはたまらなく嬉しかった。血が繋がっているというだけで、何も通じ合っていない家族じゃない。心から信頼し、分かち合える、本当の意味での家族が僕にもできたんだってね。そして家族には、『ただいま』と『おかえり』が言い合える家が必要なんだ。

僕たちゃーでぃの家は、ゆいまーるしかない。だから建てなおしたいんだ」

そういうことかと海香が納得すると、元気がしみじみと続ける。

「僕も一休さんも唯さんも、勇吾さんに拾われた恩があるんだ。だから勇吾さんを信頼しているし、助けたいと思ってるんだよ。勇吾さんは僕らにとってのヒーローだからね」

「お父さんがヒーローね……」

以前ならまったくそうは思えなかったけど、今なら少しは理解ができる。

勇吾は、私のお父さんは、ヒーローなんだって……。

そこで、虎太郎が気づいたように言った。

「海香ちゃん、そろそろ冴子さんを迎えに行く時間じゃない」

「あっ、そうだ。じゃあ行ってくるさあ」

急いで立ち上がり、海香は尻についた砂を払った。

「海香ちゃん、忘れ物だよ」

元気が砂浜に置いていた紙袋を取ってくれた。

「ありがと。あぶなかったさあ。お父さんが冴子さんに渡せって言ってたやつだからね」

胸をなでおろして海香は紙袋を受け取る。

「中身はなんなの？」

「私の子供の時の写真だってさあ。荷物になるからこんなのいらないと思うんだけどね」

「何言ってるんだよ。冴子さんにとっては最高のプレゼントだ」

元気が爽やかな笑みを浮かべたものの、海香は本当にそうなのかよくわからなかった。

ホテルに行き、冴子と合流する。冴子は急いで来たからとかで、荷物はほとんど持っていなかった。

空港で搭乗手続きをし、保安検査場に行く。

冴子が振り向いて言った。

「海香ちゃん、じゃあまたメールするからね」

「うん」

昨日勇吾が、海香にスマホを買ってくれたのだ。冴子と連絡するには必要だろうと言って。今まで散々スマホをねだっても買ってくれなかったので、海香は拍子抜けしてしまった。

「これから毎月、宮古島に来るつもりだから。東京のお土産も持って来るからね」

「えっ、毎月宮古に来るの？」

驚く海香を見て、冴子が悲しげな顔をする。

「……迷惑かな？」

「ううん。そんなことないさあ。嬉しいんだけど、飛行機代がとんでもないことになるね」

「大丈夫。気にしないで」

海香は声を強めた。

「あっ、そうね。冴子さん、これ」

海香は紙袋を冴子に手渡す。

「私の小さな時の写真さあ。お父さんが渡せって」

「ほんと!?」

あたふたと冴子が紙袋からアルバムを取り出す。その慌てぶりに海香は目を丸くした。

アルバムにはかなりの量の写真が入っていた。虎太郎が昔から撮ってくれていた写真だ。冴子は、それを一枚一枚、丹念に眺めはじめた。その目にはうっすら涙が浮かんでいる。もう海香の存在など忘れているように見入っていた。

「……冴子さん」

飛行機の時間が気になって呼びかけた。

「ごめんなさい。つい。勇吾さんにお礼を言っておいてね。私、こんなに嬉しいプレゼントはじめてもらったわ」

冴子が満面の笑みを浮かべる。自分の写真をこれほど喜んでくれる人がいる……その事実が、海香にはどうもぴんとこない。

そうだ、と冴子がポケットからカード入れを取り出した。中から出した写真を見て、あっと海香は声を上げた。

「それ、私ね！」

そこには赤ちゃんの頃の海香がいた。同じ水玉模様の服を着た写真は家にもあったのですぐにわかった。

ただ家の写真と違うのは、冴子の持っている写真はボロボロだ。丁寧に取り扱っているのだろうが、色あせてところどころ欠けている。

「ごめんね。海香ちゃんの写真はこれ一枚しかなくて。新しいのが欲しいとずっと思っていたの」

すまなそうに冴子が言い、アルバムから写真を一枚引き抜きカード入れに差し込んだ。とても幸せそうだった。

海香は胸の奥が疼いた。そして、ゆっくりと訊いた。

「ねえ冴子さん、頼みがあるんだけどいいかな？」

「何？　なんでも言って、海香ちゃん」

びくりとした冴子が、少し緊張気味に応じる。

「まず海香ちゃんって、ちゃんを付けなくていいから。海香でいいさあ」

その瞬間、冴子が息を呑んだ。

「うんわかった。海香……」

冴子が赤ん坊だった自分を捨てて逃げた。そう聞いて、正直海香は腹が立った。それと同時に、どうしてそんなことをしたんだろうと悲しくなった。その二つの感情が絡《から》み合い、胸の中がもやもやしていた。

でもそのことを、冴子はずっと後悔している。そして、私のことを片時も忘れずに想い続けてくれている。この数日を一緒に過ごしてみて、海香は次第にそう思うようになった。そして今の冴子の表情を見て、その気持ちは確信へと変わった。私の赤ちゃんの時の写真を肌身離さず持ち歩いてくれているのが、その何よりもの証ではないか。

海香は続けた。

「それと私、冴子さんじゃなくて、お母さんって呼んでいいね？」

「……いいの？　お母さんって呼んでくれるの？」

「だって冴子さんは私のお母さんさあ。お母さんって言うのが当たり前ね」

冴子の目から涙が溢れ落ちた。そして海香を抱きしめて言った。

「ありがとう。海香……」

ちょっと苦しいほど力が強かったが、海香は黙っていた。それは、久しぶりの母親の抱擁だった。


冴子を見送ると、海香はオバアの家へと戻った。

飛行機の出発時間ぎりぎりになっても、冴子が別れを惜しんだので、飛行機に乗せるのが大変だった。

家には、勇吾だけがいた。横になってぼんやりと庭を眺めている。海香は、その背中に語りかける。

「ねえ、お父さん、冴子さん東京に帰った。また来月来るって」

「そうか」

勇吾はこちらに顔を向けずに、横になったまま応じる。

「それで、私決めた」

「……なんだよ」

「四月になったら宮古島を出て、お母さんと一緒に暮らすことにする」

お母さんは私と過ごせなかったこの十年間をとても後悔している。そして、その十年間を少しでも取り戻したいと思っている。毎月宮古島に来ると言っているのがその証拠だ。さらに空港で冴子に抱きしめられて、その想いが痛いほど伝わってきた。

詰まりながら勇吾が返す。

「そっ、そうか。おまえは大人になったら東京の美大行きたいって言ってたからな。それより早く東京に行けるんだから、よかったじゃねえか」

海香は一拍置いて、改まって言った。

「だからお父さんに、言いたいことがあるんだけどさあ……」

その言葉の途中で、「おい」と勇吾が慌てて振り向いた。そして体を起こしてあぐらをかき、険しい顔つきで言った。

「ありがとうなんて言うんじゃねえぞ」

「……なんでね？」

「俺は好きでおまえを育てたんだ。俺の勝手でやったことだ。子供を育てるってのは、大人の道楽みてえなもんだ。おまえに礼を言われる筋合いはねえ。わかったな。だから俺にありがとうなんて言うな。島を出る時にもだぞ」

海香はしっかりと頷いた。

「わかった」

そこで勇吾がゆっくりと息を吐いた。

「……ただ虎太郎には言ってやれ。あいつは俺の道楽に付き合わされただけだからな。おまえを育てたのは、あいつだ。俺はなんもしてねえ」

「うん。虎太郎おじさんにはちゃんと言う」

「わかりゃいいんだ……」

「じゃあ今から言ってくる。なんかみんなで集まって、まだ海見てるみたいだから」

「おう、あいつは俺と違って泣き虫だからよ。どうせ大泣きするだろうから、涙拭くためのでっかいバスタオルでも持って行ってやれ」

「うん。特大のやつ持っていくさあ」

扉の方を向くと、勇吾がぼそりと呼びかけた。

「……海香」

「何？」

振り返ると、勇吾が気まずそうに言った。

「……火事、悪かったな」

顔を逸らして目を合わさないでいる。いい大人なのに、ちゃんと謝ることもできないみたいだ。これのどこがヒーローなんだ、とため息を吐いて言った。

「このままだったら許さなかったけど、元気君がまたゆいまーる建てなおすって言ってたから許す」

勇吾が瞬きを繰り返す。

「元気がそんなこと言ってたのか？」

「うん。あそこは元気君にとっても一休君にとっても大切な家だからって。僕たちゃーでぃにはゆいまーるが必要だって。謝るなら私だけじゃなくて、二人にも謝ったら」

「そうだな……」

どこか嬉しそうな顔で、勇吾がそうつぶやいた。

家を出て、海に向かう。

いつもの砂浜に行くと、元気と虎太郎の他に、一休と唯がいた。泡盛の水割りを置いて、みんなでお酒を呑んでいる。たぶんそういう気分だったんだろう。

元気が海香に気づいた。

「どう、海香ちゃん、冴子さんは行った？」

「うん、お母さん帰った。でもまた来月来るって」

「お母さんか……」と元気が笑みを浮かべてくり返し、「よかったわ」と唯が心底嬉しそうに言う。

海香は声を強めて言った。

「みんなに報告があるさあ」

全員がいっせいに海香を見た。

「お父さんにはもう言ったけど、私、四月になったらここを出て東京に行く。そしてお母さんと一緒に住む」

みんなわずかに驚いたように見えたが、それは一瞬だった。海香がそう言い出すことを、薄々わかっていたみたいだ。

「そうか、その方がいいよ。海香ちゃんがいなくなると寂しいけどね」

元気が先に言い、

「うん、私もお母さんと一緒の方がいいと思う。でもまた休みには宮古島には帰って来るんでしょ。その時は一緒に遊ぼうね」

唯が海香をそっと抱き寄せる。このいい匂いを嗅げなくなるのかと思うと、ちょっと寂しくなってしまった。

「海香ちゃんが宮古島に帰省する頃には、ゆいまーる新しくしておくよ」

一休が力こぶを作る。

「一休君、ありがとう。今度は女子トイレは別で作ってね」

そして虎太郎の方を見ると、虎太郎が何か言おうと口を開きかけていた。それを遮るように、

「虎太郎おじさん、これっ」

海香は持ってきた巨大タオルを手渡す。

「何、このタオル？」

目を瞬かせる虎太郎に、海香は頭を下げた。

「虎太郎おじさん、これまでお父さんと一緒に私を育ててくれてありがとう。虎太郎おじさんが果物とお肉をたくさん持って来てくれたから、私こんなに大きくなれた」

そう言って頭を上げた途端、虎太郎の大きな目が涙で溢れた。そしてそれがボロボロとこぼれ落ちていく。まるで滝のような涙だ。

「うっ、海香ちゃん、東京でも元気でな……マンゴーと宮古牛、送ったげるからさ……」

その豪快な泣きっぷりに、みんなが呆気にとられている。

「おじさん、タオル、タオル使って」

海香が促すと、虎太郎が慌ててそれで涙と鼻水を拭った。だがそれでも涙を抑えきれず、タオルで顔を覆っている。こうなったら、しばらく放置しておくしかない。

海香は元気の方を向いた。

「ねえ、元気君」

「なんだい？」

「一つお願いしたいことがあるんだけど」

元気が怪訝そうな顔をした。

「何？」

「ちょっと考えてることがあるんだ」

海香は言った。

＊

四月になった。

勇吾は、部屋で一人ぼんやり庭を眺めていた。火事でゆいまーるが焼けてから、もうずっとこうしている気がする。

四月になったので、風の感じが違う。この時期になると風が吹いてくる方向が、北から南へと変わる。そうすると晴れの日が多くなり、海が綺麗に見えはじめる。

海が見てえな。そう思うのだが、砂浜に出向く気力が湧いてこない。ゆいまーるを新設するための準備はもうはじめている。資金は、ユーチューバーとして儲けたお金だ。あのオープンカーも売って、その資金に充《あ》てている。

元気と一休は、大工や作業員に混じって働いている。自分も手伝いたい気持ちはあるのだが、体が反応しないのだ。

そうしていると、虎太郎がやって来た。

「おい、勇吾、海香ちゃんもう出るぞ。空港まで見送りに行かないのか」

そう、今日は海香が東京に旅立つ日なのだ。

冴子が宮古島にやって来た翌月、冴子は家族全員で再び宮古島に来た。夫である新山と、子供である梨花《りか》という女の子と共に。

彼らが海香の新しい家族となるのだ。その新山が嫌な男だったらどうしようかと危惧していたが、それは杞憂で終わった。

一流企業に勤める技術者で、実直で温和な性格をしていた。海香を自分の子供だと思って大切に育てると固く約束してくれた。彼ならば海香を任せられる。勇吾は胸を撫でおろした。

海香は梨花と仲良く遊んでいた。そういえば、昔から妹が欲しいと言っていた。

そしてあっという間に、海香が宮古島を去る日となったのだ。

「いいんだよ。別に今生の別れじゃねえんだ。夏休みに帰省するって言ってんだしよ。空港まで行くのがめんどくせえ」

　ふうと虎太郎が大きな息を吐いた。

「本当にそう思ってるのかよ」

「思ってるよ。それにおまえも他のみんなも見送りするんだろ。俺一人いなくてもどうってことねえよ」

「じゃあ、行くからな」

　やれやれという感じで、虎太郎が扉の方を向いた。勇吾はその背中に声をかけた。

「……虎太郎」

「なんだよ」

「海香のこと世話になったな。おまえがいなきゃ育てられなかった。ありがとよ」

　虎太郎が肩の力を抜いて応じる。

「どういたしまして」

「それとおまえ、もう結婚しろよ」

「何？　どういう意味だよ？」

　きょとんとする虎太郎に、勇吾は抑えた声で続ける。

「おまえが結婚しなかったのは海香がいたからだろ。もうあいつのことはいいからよ。自分の家庭を持てよ。海香で散々子育ての練習したんだ。いい親父になれるよ」

　にやりと虎太郎が笑う。

「何言ってんだ。別に海香ちゃんのために結婚しなかったわけじゃないよ。こんな外見だからモテなかっただけだ」

そしてわざとらしく顔を歪ませる。そういうことにしておいてやるか、と勇吾は鼻から息を吐いた。

「じゃあもう時間ギリギリだから行くぞ。海香ちゃん見送ってくる」

「ああ、頼んだぞ」

虎太郎が立ち去ると、急に部屋が静かになる。壁時計の針を刻む音が、やけに耳に響いている。

立ち上がると、勇吾は一番奥の和室に向かった。ここが海香の部屋だが、綺麗に片付けられている。ただ海香の勉強机が置かれているだけだ。母親が、海香がここに来た時のために買った物だ。

この机は高さが調整できる。海香が大きくなったので、「もっと高くして」と言っていたが、勇吾は面倒でやらなかった。だから台風でここに避難している時は、縮こまるように海香は勉強していた。

それぐらいやってやればよかったな……淡い後悔を感じながら、机の上を指でなぞる。

それから押入れを開けて、一冊のアルバムを取り出した。これは火事から免れることができた。失ってはまずそうなものは実家に預けていたのだ。

本当は二冊あったのだが、一冊は冴子に渡した。それは、すべて虎太郎が撮った海香の写真だからだ。冴子にとっては、もっとも見たい写真だろう。勇吾の分は、虎太郎に頼めばまたプリントしてもらえる。

もう一冊のアルバムは、自分の写真だった。子供時代、宮古島にいた時代の写真はとばして、東京にいた頃の写真を眺める。

といってもその頃の写真は二枚しかない。一枚は早苗の写真だ。携帯電話で撮影したものをプリントアウトしておいた。

ある日海香が、遺影はどこにあると訊いてきた。遺影というものを、どうやら朋迦に教えてもらったそうだ。そこで、「お母さんの遺影を仏壇に飾りたい」と言い出したのだ。当然冴子の写真などない。そこで苦肉の策として、早苗の写真を使わせてもらった。あのお嬢様のような清楚な写真だ。まさか海香がそれを宝物として扱うとは、早苗は夢にも思わなかっただろう。

そしてもう一枚は、バイト先の居酒屋の厨房で、黒いTシャツに黒いタオルを巻いた勇吾が写っている。まだ十年しか経っていないのだが、はるか昔に思えてならない。

隣には正樹が立っていた。正樹が勇吾の肩を抱き、にこやかに笑っている。この写真を撮ったのは虎太郎だ。

その写真の正樹を見つめながら、勇吾はぽつりと言った。

「……正樹さん、俺、頑張りましたよね」

もちろん。さすが勇吾君だ……海香をあんなに大きくしてくれて、しかも冴子まで見つけてくれたんだ。本当に、本当にありがとう……。

そんな正樹の声が聞こえた気がして、勇吾は微笑んだ。あの人は天国からでも褒めてくれるに違いない。そういう人だった……。

アルバムから一枚写真が落ちた。

海香の写真だった。

まだ小さな頃の海香だ。勇吾が脇の下に手を入れて抱え上げ、海香に海を見せてやっている。この写真のことはもちろん覚えている。これは、まだ一歳になったばかりの海香を、はじめて宮古島に連れて来た時の写真だ。赤ちゃんから幼児になる途中の、ふっくらしたほっぺをしている。そしてそのつぶらな瞳は、じっと海を見つめている。

この時、海香ははじめて海を見たのだ。しかも自分の名前の由来となった海だ。なんだか不思議そうに、そしてちょっと誇らしそうに海を見ている。

さらに勇吾も、そんな目で海を眺めている。この時、勇吾の胸には懐かしさなど微塵《みじん》もなかった。その時胸にあった想いはこうだ。

この子を、このまだまだ小さな、歩くこともできない女の子を、無事に、立派に育てる。正樹さんの代わりに……。

眩いばかりに光るあの海にそう誓ったのだ。

その瞬間、勇吾の胸の奥底からある想いがこみ上げてきた。

俺は、俺は、海香にまだ伝えていないことがある……。

時計を見る。もう飛行機の出発時刻は間に合わない。でも、それでも行かなければならない。

勇吾は家を飛び出し、表にあった原付バイクに跨《また》がった。キーを忘れたと思ったが、なぜかキーが差さっていた。一休が取り忘れたのだ。

エンジンをかけて、アクセルを回す。ぶんという豪快な音がし、前輪が一瞬浮いたが、すぐに走り出した。

下里大通りに出て、最高速度で走る。道行くオバアが気絶しそうなほど驚いているが、そんなことにかまっていられない。

信号を無視して飛ばす。宮古まもる君が睨んでいる気がするが、それも知らぬ顔で通り過ぎる。汗が噴き出してきた。手の汗でアクセルがすべるので、思いっきり力を込めて握りしめる。

人通りが少ない道に出た。左側にフェンスと鉄条網がある。宮古島空港に着いたのだ。

その時だ。ちょうど飛行機が離陸し、空高く舞い上がっていく。時間は、虎太郎が耳にタコができるほど何度も言っていた。間違いない。あの便だ。あの飛行機に海香は乗っている。

勇吾は速度を緩め、バイクから飛び降りた。バイクがフェンスにぶつかるのを横目で見ながら、そのまま走る。強烈な衝突音が聞こえたが、そんなことはどうでもいい。

そして駆けながら飛行機に向かい、声の限り叫んだ。

「海香！　聞こえてるか！　言い忘れてたことがあるから空の上から聞いとけ！

いいか、おまえ、もしかして俺のことを不幸だと思ってんじゃねえのか。芸人の夢あきらめて他人の子供を育てるはめになった、可哀想な人だと思ってんじゃねえのか。

そんで海香、おまえ、それが自分のせいだと思ってるだろ。おまえは正樹さんの子供だ。あの人の優しい血がおまえにも流れてる。だからきっと、おまえならそう思うに決まってる」

そこで勇吾は立ち止まった。肺いっぱいに息を吸い込み、渾身《こんしん》の力で声を張り上げた。

「ふざけんな。そんなことあるか！

俺はな、おまえを育ててる間ずっと幸せだったんだ。おまえに離乳食食わせて、ベビーカーで夜な夜な歩き回って、おまえのオムツを交換して、その全部が、おまえを育てることすべてに幸せを感じてたんだ！

そしておまえは大きくなった。あんな強烈なビンタをできるぐらいの力もついた。それを俺は一番間近で見てたんだぞ。どうだ。羨ましいか。世の中にこんな幸せなことがあるか。これのどこが不幸で可哀想なんだ。

おまえはな、俺にそんな幸せを与えてくれたんだ。そんな奴が、申し訳ないなんて一切思うな。もしそんなこと考えてやがったら承知しねえぞ！」

涙が、涙が、次から次へと溢れてくる。まるで水中につかっているように呼吸がままならない。さらに鼻水も加わり、口の中全体がしょっぱくなる。でもそんなこと、今はどうでもいい。

想いを、今の自分の想いをすべて声に乗せる。

「海香！　おまえは生まれてきてよかったんだ！　すべての人に愛されてるんだ！　だから東京でもきっと幸せになれる！　絶対みんな親切にしてくれる！　それは俺が約束してやる。

俺は、おまえの父親でいられて本当に嬉しかったんだ！　心の底から、毎日飛び跳ねるぐらい！　それぐらい嬉しかったんだ！

ありがとう！　海香、本当に、本当にありがとう！

この世に生まれてきてくれて、俺に育てさせてくれて本当にありがとう！！

俺は、おまえと出会ってからのこの十年間、世界中で一番幸せだったんだ!!!」

勇吾は、膝を崩して号泣した。ひっくひっくとしゃくりあがって、息が苦しい。

どれぐらいそうしていただろうか……別の飛行機が飛び立つ音が聞こえる。そこでようやく、勇吾は顔を上げることができた。

ゆっくりと立ち上がり、手のひらに付いた石粒を払う。かなりの時間四つん這いになっていたのか、相当食い込んでいた。

少しして、家に戻ろうとしたその時だ。

「どんだけ泣いてるんね！　もう待ちくたびれたさあ！」

聞き覚えのある声に、そろそろと振り向いた。

目の前の光景に驚愕した。

海香がいたのだ。

海香だけではない。虎太郎、元気、一休、唯もいる。そしてその全員の瞳から涙が溢れていた。

一休の手にはビデオカメラがあった。そのレンズは勇吾に向けられている。

なんで、飛行機に乗ってる海香がここにいるんだ……。

その疑問を口にしたかったが、うまく声にできない。すると海香が、背中に隠していたものを取り出した。

おもむろに表を見せて掲げる。そこにはこう書かれていた。

『ドッキリ大成功！』

すべてを悟った。最後の最後で、こんな大がかりなドッキリを仕かけられたのだ。

「おっ、おまえ、四月に東京に行くって言ってたのも嘘なのか」

「嘘じゃないさあ。四月に行く。でもそれは来年の四月。小学校を卒業してから東京に行くっていう意味！」

「なっ、なんだと。冴子さんは、冴子さんはなんて言ってるんだ」

「お母さんもその方がいいって。お父さんは口ではああ言ってるけど、きっと凄い寂しい思いをしてるだろうから、あと一年、一緒にいてあげた方がいいって」

それを聞いて、怒りがこみ上げた。

「おまえ、やっていいドッキリと悪いドッキリがあるだろうが、なんでこんなことしやがった」

「お父さんが本当のこと言ってくれなかったからでしょ！　私に、宮古島を離れて東京に行くのに、なんにも言ってくれなかったからでしょ！」

「それは……」

「それに、私だって言いたかったさあ」

「何をだよ……」

海香が大声を上げた。

「ありがとうって！　芸人の夢を捨ててまで、あんな美人な早苗さんと結婚することもあきらめて、私を大きくしてくれてありがとうって！　すっごい、すっごい感謝してるって。どうしても伝えたかったんね」

わあわあと海香が泣き出した。海香がこれほど泣く姿なんて見たことがない。その姿を見て、また涙が溢れてきた。

海香がしゃくりあげながら続ける。

「何がありがとうなんて言うなだ。言うに決まってるでしょ。私もう六年生だよ。子供育てるのがどれほど大変かくらいわかる！　だから、お父さん。こんなに大きくしてくれて本当にありがとう！」

そう海香が叫んだ瞬間、勇吾は涙のまま海香の元まで駆け出した。そして思い切り海香を、自分の娘を抱きしめる。

「血が繫がってなかろうがなんだろうが、おまえは俺の子供だ」

久しぶりに海香を抱きしめてわかる。大きく、本当に大きくなった……その感触がさらに涙を誘い、勇吾はおいおいと泣いた。

海香が胸の中でもだえた。

「苦しい。臭い。Tシャツが涙と鼻水でぐちょぐちょで気持ち悪いさあ。あと胸毛の感触がぞっとする。最悪」

「うるせえ！　それが父親ってもんだ」

そう言ってさらに力を込めると、

「ギャアアアアア！！！！　やめろ！」

海香が渾身の力で暴れ回るが、強引に押さえ込む。

みんなが泣きながら、そして笑いながら見ていた。

それはいつもの、勇吾たち家族の、やーでぃの光景だった。

あと一年、もう一年海香と一緒にいられる……その喜びで、勇吾の胸ははち切れそうだった。

## それから八年後

海香は、宮古空港に降り立った。

右手には大型のスーツケース、左手には大量の紙袋を持っている。そのすべてが土産だ。冴子が持たせてくれた。なんだか年々増えている気がする。これではまるで輸入業者だ。

さらにもう一つ、大きなボックスと巨大なトートバッグがある。トートバッグからは棒が一本突き出ている。この二つはこの日のために持って来たものだ。スーツケースの上に置いているが、落ちそうで危なっかしい。

そろそろと移動しながら到着ロビーに着くと、

「海香ちゃん」

ワンピース姿の唯が手を振っている。その隣には元気がいて、三歳ぐらいの子供を抱いていた。美男美女に愛らしい子供という取り合わせなので、洗剤や芳香剤の爽やかなCMにしか見えない。

元気と唯は、五年前に結婚したのだ。海香が宮古島にいる頃にはそんな気配はなかったのだが、海香が東京に行ってから二人の仲が進展したそうだ。

「また大きくなったわね」

唯が海香と背丈を比べている。海香が高校生になる頃、唯の身長を抜いてしまった。

「唯さん、会ったらいつもそれ言ってるさあ。でももう伸びてないね」

「そっか、そっか」

お母さんになってもその可愛らしさは健在だ。元気が抱いている子供に声をかけようとすると、すやすやと眠っていた。

「凜《りん》も大きくなったね」

「うん。もうかなり喋るようになったよ」

元気が相好を崩す。昔からパパ姿が似合うと思っていたが、本当によく似合う。

空港を出ると、鮮やかな空色のキャンバスと強烈な日光が出迎えてくれる。これこそが宮古島の空だ。

全員で車に乗り込み、出発する。唯が運転しながら言った。

「どう海香ちゃん、大学は?」

「大変。課題ばっかりで。一日中絵描いてるさあ」

海香は念願の美大に入り、今は美大生となっている。

子供の頭を撫でながら元気が言う。

「萌美ちゃんや、朋迦君はどんな感じ?」

「二人ともゆいまーるに行くって言ってたよ。明後日だったかな。萌美も大学生になって、はしゃぎ回ってる。これで東京の女子大生だって。朋迦君は全然変わらないね」

二人とも東京に出て、海香と同じ大学生になっている。

「まあ彼は子供の頃から大人みたいだったもんね」

「うん。そういや起業するからその事業計画を元気君にプレゼンさせて欲しいって。資金集めをしてるみたい」

「さすがだね」

機嫌よく元気が大笑いする。

「お父さんと一休君、虎太郎おじさんはゆいまーるにいるんね？」

「うん。海香ちゃんが帰って来るからって虎太郎さん、山のように果物と肉を持って来てたよ」

「それは嬉しいけど、太るなあ」

ふうと息を吐くと、唯と元気がまた笑った。するとが思い出したように訊いた。

「そういえば荷物にあった大きなトートバッグ。何入ってるの？　棒がついてたけど？」

海香の代わりに、元気が口を開いた。

「唯、わからないのか？」

「何、全然わかんない？」

首をひねる唯に、元気がおかしそうに答えた。

「『女神の聖剣』だよ」

さすが元気だ、と海香は満足そうに頷いた。

すぐに目的地に到着する。

目の前にあるのは、新しく建てたゆいまーるだ。完成した頃は真新しかったが、もう七年も経つので、前と同じような感じになっている。でもその方が海香にとっては嬉しい。このコンクリートの汚れた感じが懐かしくてたまらない。

「さっ、みんなお待ちかねだよ」

元気が海香の荷物を運ぼうとしたので、「ちょっと待ってね」と海香は止めた。

「何、どうしたの？」

「うん、ちょっと準備があるから待ってて」

そして海香はその準備を終えて中に入る。壁にはあちこちに海香の絵が貼られている。送れ、送れと勇吾が催促するので、描けばなるべく送るようにしている。海香ちゃんの絵が目当てのお客さんも多いんだ、と元気が嬉しいことを言ってくれるので、送らないわけにはいかないのだ。

さらに壁の棚には、本と漫画本がぎっしり埋まり、ゲーム機とコントローラーが山積みされている。ここも前のゆいまーると変わらない。

その中央の大型テーブルで、勇吾、一休、虎太郎が話し込んでいる。

勇吾はまた日焼けしたのか黒くなっている。しわも増えてきたので、ますます海の男という風貌になってきた。

海香には気づかないのか、勇吾が得意げに言った。

「一休、俺は素晴らしいアイデアを思いついた」

「なんですか？」

身を乗り出して一休が促す。

「いいか、この世で金を出すのは女だ。だから男相手に商売なんかしちゃだめだ。ターゲットは女性だ」

「なるほど、それはあるかもですね」

「そう、だから俺と一休はこれからホストになるんだ」

「ホストですか！」

たまげる一休を見て、勇吾がにやりと笑う。

「そうだ。ホストのいるゲストハウスだぞ。女性からすれば一石二鳥だろうが。うちは店も酒も、虎太郎の果物もあるから初期投資もいらねえ。いいか一休、ビジネスにおいて大事なのは、どれだけ初期投資を抑えられるかだ」

「まあ、そうですけど……」

「とりあえず白いスーツに赤いバラはいるな。あと髪も伸ばすぞ。伸ばして茶色に染めて、ふやけた焼きそばみてえな髪にするんだ」

「嫌ですよ。俺……なんか前髪が目にかかって目に悪そうだし。今のままの坊主でやっちゃダメですか」

「馬鹿。どこの世界に坊主のホストがいるんだよ」

二人の会話を、虎太郎が嬉しそうに聞いている。この光景を見ると、家に戻って来たことを実感できる。

まったくこちらに気づかないので、海香の方から声を上げる。

「お父さん」

反射的に勇吾がこちらを見る。

「おー、海香帰ってきたか……おおおおおおおおっ！！！」

椅子から豪快に転げ落ちる。そして、腰が抜けたようにこちらを指差す。

「ぶっ、豚……豚のお化け」

目と口を大きく開き、おかしな顔になっている。相変わらずリアクションがもの凄い。

勇吾が驚いたのは、海香が被り物を被っていたからだ。巨大な豚の顔だ。これをわざわざ東京から持って来たのだ。

それを取りながら言う。

「どう、びっくりした？　美大の友達に作ってもらったんね。超リアルでしょ」

そして手元に置いていた、棒付きの看板を手にする。この感触も懐かしい。そこには『ドッキリ大成功！』と書かれている。

これが、『女神の聖剣』だ。

全員が勇吾のその姿に笑っている。唯は笑いすぎて、「お腹が、お腹が痛い」と呻《うめ》いていた。

その姿も懐かしい。

看板を見て、勇吾が胸を撫でおろした。

「ドッキリかよ。久々すぎてドッキリのことなんか忘れてたよ。なんで急にこんなことしやがったんだ」

「私これから、ＹｏｕＴｕｂｅやるんだ。ほらっ」

元気を指差すと、元気が子供を抱きながらカメラを撮影していた。

「おまえ、ユーチューバーになるのか」

「うん。海香TV。チャンネル登録と高評価よろしくね」

「うるせえよ」

勇吾がおかしそうに言い、海香は笑顔を作った。

「お父さん」

「なんだよ?」

きょとんとした勇吾が眉を上げる。海香は心を込めて言った。

「ただいま」

それを聞いて、元気が微笑んだ。帰ってきた海香がこの言葉を言えるように、元気がこの家を建てなおしてくれたのだ。そのありがたさを、海香は改めて噛みしめた。

勇吾の口元がほころんだ。顔がしわでいっぱいになる。そしてその笑顔のまま言った。

「おう、おかえり」

本書は書き下ろしです。

浜口倫太郎　はまぐち・りんたろう
一九七九年奈良県生まれ。二〇一一年『アゲイン』で第五回ポプラ社小説大賞特別賞を受賞しデビュー。著書に『シンマイ！』『廃校先生』『22年目の告白－私が殺人犯です－』『AI崩壊』など。

お父《とう》さんはユーチューバー
二〇二〇年七月二六日　第一刷発行

著者　浜口倫太郎
発行者　箕浦克史
発行所　株式会社双葉社
〒162－8540
東京都新宿区東五軒町3－28
電話　03－5261－4818（営業）
03－5261－4831（編集）
http://www.futabasha.co.jp/
（双葉社の書籍・コミック・ムックが買えます）

印刷所　大日本印刷株式会社
製本所　株式会社若林製本工場
カバー印刷　株式会社大熊整美堂
CTP　株式会社ビーワークス



ISBN978-4-575-24251-5 C0093